pour l'amour d'une star

JEAN-PIERRE FERRIÈRE | *ŒUVRES*

JEAN-PIERRE FERRIÈRE

pour l'amour d'une star

Éditions J'ai Lu

1

Comme chaque matin, vers 7 h 30, sur le quai de la station Mouton-Duvernet, Paule Jeannet attendait l'arrivée de la rame de métro en même temps qu'une centaine de Parisiens. Paule ne disait jamais, comme ses collègues : « J'ai failli rater mon métro », ou « Mon métro est tombé en panne ». Elle tenait à dire « le » métro. Leur métro, elle n'en voulait pas; bien que contrainte de l'utiliser, elle refusait de se l'approprier. Paule prenait donc le métro, celui des autres, des autres avec lesquels elle ne se sentait rien de commun.

Depuis combien d'années se retrouvait-elle à l'aube, sous terre, avec l'envie de pousser la foule sur la voie au passage de la rame ? Longtemps, beaucoup trop longtemps. « Un jour, je le ferai... » Elle imaginait des dizaines de corps déchiquetés et sanglants, couchés sur les rails. Elle entendait les râles et les cris d'agonie. Naturellement, elle, elle parviendrait à s'échapper. Comment la décrirait-on ?

— Une grande femme brune... dans les quarante-cinq ans... pas belle, non, mais...

— Mais quoi ?

— Les yeux...

— Eh bien, quoi, les yeux ?

— Très enfoncés, très noirs, très brillants.

— Et vous ne connaissez pas son nom ?

— Et comment que je le connaîtrais ? C'est pas le genre de femme à parler avec n'importe qui, ça se voit tout de suite. Toujours dans son coin, toujours figée... toute raide.

« Orgueilleuse, tu es une orgueilleuse ! » lui criait autrefois sa mère, d'une voix à la fois furieuse et admirative. Et cette voix du passé, il arrivait à Paule de l'entendre encore.

« Demain matin, je serai là, sur ce quai, à la même place, et dans six mois, j'y serai toujours ! » C'était déprimant, effrayant. « C'est bien fait pour moi, pensait-elle, masochiste. Je n'avais qu'à me débrouiller autrement. »

— Moi, monsieur, je passe ma vie à changer des draps et à faire des lits ! disait-elle souvent à son double, dans le miroir.

A vivre seule, on prend l'habitude de parler à haute voix, on devient légèrement bizarre.

Là, elle observait une pause et ajoutait :

— ... Mais à l'hôtel *Crichton* !

Le *Crichton,* le palace, le vieux palace. Mais un drap est toujours un drap, un lit est toujours un lit, au *Crichton* ou ailleurs.

Les wagons jaillirent du tunnel et un frisson d'impatience parcourut la foule. On était prêt à se battre pour une place assise. Paule ne s'asseyait jamais, même si elle en avait la possibilité. Le dos collé à la porte vitrée, l'œil vague, elle regardait défiler les stations, serrant contre son ventre un petit sac de voyage en moleskine noire. Vide, ce sac était pourtant indispensable : il lui évitait la retoucheuse à imaginer des scènes insensées.

Toutes les fois que Gilberte donnait libre cours à sa curiosité, Paule tentait d'abréger la discussion.

— Vous connaissez les hommes, n'est-ce pas ? lançait-elle, ironique et fataliste en guise de conclusion, agitant ce long fume-cigarette auquel Gilberte trouvait « une allure folle ».

Non, Gilberte Monestier ne connaissait pas les hommes. Elle s'en était fait une vague idée d'après les articles de *France-Dimanche* et d'*Entre nous soit dit,* mais elle ne doutait pas de l'expérience de son amie.

Paule n'avait pas fait l'amour depuis sept ans. Elle n'en souffrait guère, rongée par d'autres tourments. Mais sa dernière aventure, elle ne pouvait pourtant pas l'oublier. Un dimanche matin, vers 11 heures, la sonnette de la porte d'entrée avait retenti. Un peu étonnée, Paule était allée ouvrir. Un inconnu s'était jeté sur elle; un homme ni beau ni laid, trapu, la quarantaine. Il l'avait couchée sur le plancher et l'avait prise, là, brusquement. Ils avaient gémi ensemble, de la même façon, puis l'homme s'était redressé et il avait pris la fuite en reboutonnant son pantalon, la laissant étendue à terre, la jupe relevée sur les cuisses. Elle ne l'avait jamais revu. Mais, parfois, le dimanche, en fin de matinée, Paule regardait la porte d'entrée, la gorge sèche, l'oreille aux aguets. Sept ans de cela. L'homme s'était-il trompé d'étage, de maison ? Etait-ce un fou, un maniaque ? Elle ne le saurait jamais.

Madeleine. Pourquoi Paule descendait-elle à la station Madeleine, alors que la station Opéra était beaucoup plus proche de son lieu de travail ?

Peut-être parce que sa mère raffolait du boulevard des Capucines et que la petite Paule y avait fait ses premiers pas et ses premières découvertes.

— Les Trois Quartiers, il n'y a que Les Trois Quartiers! répétait jadis sa mère, d'un ton péremptoire.

Elle n'y achetait rien, ou si peu de choses, mais se promener à l'intérieur du grand magasin était déjà un plaisir.

Au métro Madeleine, Paule retrouvait donc le parfum de son enfance. Et une chaise à *l'Italien,* un petit café qui avait échappé d'abord au néon, puis à la drugstorite. Chaque matin, à 7 h 45, Paule y prenait son petit déjeuner : café noir et deux croissants. On la traitait en habituée, mais on connaissait son horreur des familiarités.

— C'est une dame! avait-elle entendu un jour dans la bouche de la caissière.

Oui, à 7 h 45, Paule Jeannet était encore « une dame », une cliente dont on ignorait tout. Vingt minutes plus tard, elle n'était plus que l'une des trente-cinq femmes de chambres de l'hôtel *Crichton.*

Gilberte ne se lassait pas d'entendre Paule lui « raconter le *Crichton* ».

— Nous sommes moins bien situés que le *Ritz* ou que le *Crillon,* ça, c'est vrai; mais nous avons une clientèle plus jeune... moins guindée. Bien sûr, comme dans tous les établissements de ce genre, on y rencontre des altesses détrônées, des stars étrangères sur le déclin et des fils de millionnaires déguisés en clochards... Hier soir, ils se sont baignés nus dans la fontaine du jardin intérieur; c'était un spectacle répugnant!

— Vous avez appelé la police ? demandait Gilberte qui comprit vite la stupidité de sa question.

— La police au *Crichton*? Et notre réputation ?

— C'est vrai !

— Non, M. Rivière a fait couper l'électricité au rez-de-chaussée et, las de se débattre dans l'obscurité, ces petits excités, tous à moitié ivres, ont regagné leurs chambres en titubant. Vous imaginez l'état des moquettes après leur passage !

Gilberte acquiesçait d'un haussement de sourcils accompagné d'un soupir.

Le nom d'André Rivière revenait souvent dans la conversation des deux femmes ou, plus exactement, dans les monologues de Paule. C'était le sous-directeur du *Crichton.* Il existait bien un M. Crichton, arrière-petit-fils du fondateur de l'hôtel, et lui-même âgé de quatre-vingt-huit ans, mais il ne sortait jamais de la suite qu'il occupait au dernier étage. Aucun membre du personnel ne pouvait se vanter de l'avoir vu, ou de lui avoir adressé la parole.

Pour tous, valets, sommeliers, grooms, garçons d'étage, maîtres d'hôtel, femmes de chambre, secrétaires, l'autorité était incarnée par André Rivière. C'était lui qui prenait les décisions importantes, accueillait les célébrités et n'hésitait pas à attaquer de front les problèmes désagréables : grèves, petit trafic de drogues, prostitution, chapardages. Sous des dehors affables, un homme dur, exigeant mais, au dire même des plus révolutionnaires, « assez juste », ce qui était un grand compliment. Une femme, un fils (qui détestait tout ce qui touchait à l'hôtellerie et lui préférait la musique pop, rock ou folk); il habitait le *Crichton* en permanence, au dernier étage, lui aussi, mais

« côté d'Antin », alors que les fenêtres du vieux *Crichton* donnaient sur la rue Meyerbeer. Le *Crichton* avait la forme d'un triangle. Bloc indépendant, haut de sept étages, à quelques mètres seulement de l'Opéra, l'hôtel possédait trois entrées : l'une rue Halévy, la deuxième rue Meyerbeer, et la dernière, plus discrète, rue de la Chaussée-d'Antin. Ce qui déroutait certains touristes et en charmait d'autres. Et, chaque fois qu'un incident se produisait, qu'un miniscandale menaçait, la première question d'André Rivière était toujours :

— Côté Halévy, côté Meyerbeer ou côté d'Antin ?

La cinquantaine proche, un peu plus petit qu'il ne l'aurait souhaité et doté d'un début d'embonpoint pourtant sévèrement combattu, André Rivière plaisait encore aux femmes mais les intimidait. Sans doute devinaient-elles que, pour lui, les affaires de cœur avaient beaucoup moins d'importance que la bonne marche de l'hôtel. Levé dès l'aube, rarement couché avant minuit, il était partout à la fois sans pour autant donner une impression de fébrilité ou de confusion. L'œil bleu, le cheveu gris, vêtu de sombre, il évoluait avec tant d'aisance, et sa connaissance des lieux était visiblement si parfaite, que les clients l'ayant tout d'abord pris pour un banquier ou un industriel en vacances à Paris révisaient immédiatement leur jugement : l'homme faisait indubitablement partie de la maison. Ils en avaient d'ailleurs bientôt la preuve quand André Rivière les saluait d'un signe de tête plein de déférence...

Paule n'éprouvait pour lui aucune sympathie. Parce que Rivière était le patron ? Ou, plus simplement, parce que c'était un homme ? Elle n'aurait pas su expliquer exactement pourquoi. Depuis cinq ans qu'elle travaillait au *Crichton,* elle avait eu avec lui deux ou trois petits accrochages assez bénins; elle attendait d'ailleurs le prochain avec une certaine impatience — mais tout de même pas au point de le provoquer — car elle possédait une arme contre André Rivière.

Ce matin-là, après s'être changée au vestiaire — blouse bleu clair à col et poignets blancs — Paule se dirigea sans se presser vers l'office du sixième étage, côté Meyerbeer. Il était bien rare que les clients se manifestent avant 9 ou 10 heures. Surnommé « le bunker » ou « l'abri » par les membres du personnel, l'office — dont il existait une réplique identique à chaque étage — était une petite pièce sans fenêtre où l'on trouvait trois chaises, une table, un placard et un minuscule coin-cuisine, le tout éclairé vingt-quatre heures sur vingt-quatre par une bande de néon qui faisait mal aux yeux.

En poussant la porte rarement fermée, Paule aperçut ses deux collègues dans des poses qui leur étaient familières : Nadine Baillart, femme de chambre elle aussi, une petite blonde de vingt-cinq ans, assise face au tableau d'appel, plongée dans la lecture d'un roman-photo, et José, le garçon d'étage, un Espagnol à la démarche de danseuse, pour le moment campé devant le miroir, armé d'une brosse et d'un peigne, accordant toute son attention, tous ses soins à son opulente chevelure.

— Bonjour, Nadine.

— Bonjour, répondit la petite blonde sans lever la tête.

— La vieille vache est en retard, comme d'habitude! dit l'Espagnol d'une voix claironnante.

Paule fit celle qui n'avait pas entendu. Pendant des mois, elle s'était querellée avec José et, aujourd'hui, lassée de ces combats stériles et vulgaires, elle trouvait plus simple d'ignorer complètement le jeune homme.

Les scènes les plus humiliantes, les insultes les plus grossières, les haines les plus tenaces fleurissaient à chaque étage, dans chaque bunker. Grâce aux plus bavards, on savait qui était fâché avec qui et pourquoi. Le côté Meyerbeer s'intéressait aux petits drames du côté d'Antin, et réciproquement. Paule y pensait parfois quand elle faisait à son amie Gilberte le récit idyllique de son existence au *Crichton*.

Paule posa une casserole d'eau sur le réchaud à gaz et fit craquer une allumette.

— Du café, Nadine?

— Non, merci.

— On s'est encore bourré la gueule, hier soir, et on n'a pas les yeux en face des trous! dit José.

— Sale tante, murmura Paule, si bas que l'injure n'atteignit pas sa cible.

Une ampoule clignota sur le tableau d'appel. Paule s'en rendit compte, mais se garda bien d'en avertir l'Espagnol qui disciplinait toujours ses boucles sombres. Quelques minutes s'écoulèrent. Paule finissait de boire son café lorsque la même ampoule brilla de nouveau. Nadine, qui cherchait un mouchoir, la remarqua :

— José, c'est pour toi.

— Borovitch! s'exclama l'Espagnol après avoir jeté un coup d'œil au tableau pour noter le numéro de la chambre d'où émanait l'appel.

Danseur étoile, Vladislas Borovitch venait de

14

fuir la Russie et était en train de conquérir Paris. José quitta précipitamment l'office en triturant son nœud papillon.

— Ils vont encore faire leurs cochonneries ! dit Paule, espérant provoquer l'indignation de Nadine.

Mais il fallait bien autre chose pour tirer la petite blonde de son perpétuel état de demi-somnolence.

Nouveau signal lumineux. Rouge, cette fois.

— Nadine, le 87 !

— Oh ! la barbe...

La blonde étouffa un bâillement dans le creux de sa main puis promena ses doigts sur sa poitrine qui gonflait généreusement la blouse bleue. Elle était fière de ses gros seins.

— Ils se lèvent tôt, dit Paule.

— Ils partent, expliqua Nadine. Ou plutôt, ils sont déjà partis. C'est Galbeau qui me sonne... On va encore faire tintin pour le pourboire !

Bâillant toujours, elle marcha vers le couloir et alla rejoindre le vieux Galbeau, le chef d'étage, dans la chambre 87. Méchant, boiteux, Galbeau était à la veille de la retraite. Il entendait bien profiter au maximum de ses derniers mois au *Crichton* et faisait main basse sur tous les pourboires, alors que ceux-ci, d'après le règlement intérieur de l'hôtel, étaient exclusivement destinés au petit personnel de l'étage qui faisait caisse commune et se partageait l'argent en fin de semaine. En tant que chef, Galbeau ne devait pas toucher un centime.

— Un complet ! ordonna-t-il à Nadine Baillart.

En dialecte « Crichton », un « complet » signifiait que la jeune femme allait devoir faire à fond le ménage de la chambre et changer draps, taies d'oreiller et serviettes de bain.

Le chef d'étage poursuivit en tendant une pièce de cinq francs :

— Ils ont laissé ça pour vous.

— Pas possible! répliqua Nadine d'un ton ironique.

« Et combien as-tu gardé pour toi, vieux schnock? » pensa-t-elle; cependant elle se contenta d'ajouter :

— Quelle générosité!...

Mais Galbeau était déjà loin, aussi loin que le lui permettait sa jambe malade.

— Salaud, va! dit encore Nadine d'une voix presque indulgente, car elle ne pouvait en vouloir très longtemps à quelqu'un.

Restée seule à l'office, incapable de se concentrer sur un roman de Lawrence Durrell dont elle avait commencé la lecture quinze jours auparavant, Paule allumait une cigarette, ce qui était formellement interdit. Elle se sentait très déprimée.

— Je n'en peux plus, dit-elle à haute voix.

Puis elle se mordit les lèvres, retenant ses larmes à grand-peine. Devrait-elle encore pendant dix ou quinze ans s'enfermer tous les matins dans ce trou à rat, cette cellule sans aération? La vie n'avait-elle plus rien à lui offrir?

Venant du couloir, l'écho d'un pas traînant annonçait l'apparition de Galbeau. Il passa seulement la tête dans la pièce pour aboyer :

— Cigarette!

— Merde! répliqua Paule.

Ricanant de plaisir, le vieux tira de sa poche un calepin — le carnet de réprimandes — et un bout de crayon qu'il mouilla d'un peu de salive avant d'écrire. Plus tard, il ferait son rapport à André Rivière.

Humiliée et furieuse d'être traitée comme une écolière prise en faute, et cela à un moment de désespoir intense, Paule se jeta sur Galbeau, lui arracha son carnet et se hâta vers les W.-C. Sous les yeux horrifiés du chef d'étage, elle jeta le carnet dans la lunette et tira la chasse d'eau.

Une lumière clignotait au tableau. Chambre 91. Mme de Tellers. Une ennemie personnelle de Paule, mais qu'elle devait néanmoins servir.

— Poussez-vous! dit-elle à Galbeau qui obstruait la sortie.

Au passage, Paule lui glissa deux billets de dix francs dans la poche de son veston :

— Pour vous, acheter un nouveau carnet... et éviter de nous voler nos pourboires.

La bouche ouverte, le vieux porta une main à son cœur. Allait-il avoir une attaque? Non, il se contentait de respirer bruyamment. « Dommage! » pensa Paule en s'éloignant.

Qui l'avait appelée? Mme de Tellers elle-même, avant de sortir? Ce n'était pas dans les habitudes de la cliente.

Paule frappa à la porte sans obtenir de réponse. Elle utilisa son passe pour entrer dans la chambre vide.

Très féminine, encore belle malgré un âge certain, Mme de Tellers qui avait usé trois maris ne semblait pas avoir d'autres plaisirs que d'errer de palace en palace afin d'y tourmenter les domestiques. A New York, un psychiatre qu'elle était allée consulter uniquement par curiosité, et à qui elle n'avait raconté que des demi-vérités, lui avait expliqué que, étant enfant, elle avait été brimée par une gouvernante particulièrement sadique, d'où des problèmes affectifs. Divine sous sa voilette, elle avait acquiescé d'un sourire très doux. Le psychiatre ne pouvait pas savoir — puisqu'elle était restée muette sur ce chapitre — que Jacqueline de Tellers avait été élevée dans un petit bistrot de Clichy-sous-Bois et que, à peine âgée de sept ans, elle servait une clientèle d'ivrognes, de prostituées et de clochards.

Chaque jour, Jacqueline de Tellers appelait à l'aide femmes de chambre, garçons d'étage, secrétaires, et demandait conseil : « Comment dois-je m'habiller ce soir ? » « Préférez-vous cette parure d'émeraudes ou ces boucles de rubis ? » Elle exhibait bijoux et fourrures, forçait les femmes à les lui passer et, quelquefois, leur ordonnait même de les essayer avant de réclamer son bien d'une voix sèche. Finalement, elle décidait de ne pas quitter sa chambre et s'installait devant le poste de télévision. Pendant quelques instants, elle avait éprouvé une véritable jouissance en regardant les pauvres filles caresser diamants et visons qu'elles ne pourraient jamais s'offrir.

Paule avait immédiatement jugé la femme et compris le manège. Elle manipulait donc les perles et la soie sauvage d'un air dégoûté. Mme de Tellers la détestait.

Dans la chambre tendue de jaune très pâle, Paule découvrait le fouillis habituel, fleurs mourantes, cartons où s'étalaient les noms des plus grands couturiers, boîtes de fruits confits, magazines de mode et tubes de somnifères. Sur la table basse, près de la télévision, une vingtaine de bijoux somptueux jetés en vrac : colliers, bracelets, bagues et pendentifs.

Fascinée par cette richesse qui dormait là, Paule s'éclaircit la gorge. Dire qu'un seul de ces bijoux lui assurerait plusieurs années de tranquillité... « Ou de prison, ma vieille! » Bien sûr, si elle se laissait tenter, elle serait immédiatement soupçonnée, fouillée, arrêtée... A moins que...

Son cœur battait plus vite tandis que son imagination travaillait. Il fallait dissimuler le bijou dans une autre chambre, la première que déserteraient ses occupants. Paule pourrait ainsi passer à la fouille... et protester hautement de son innocence. Quelques jours plus tard, quand tout danger serait écarté, elle récupérerait le bijou et le sortirait de l'hôtel.

Un plan simple, ingénieux, efficace.

Et la cachette? Un sommier! Il lui serait facile d'y faire un trou et d'y glisser ce bracelet piqué de diamants. Quelle pouvait être sa valeur? Cent mille francs? Davantage?

Le bijou était dans sa main... le voilà maintenant sous sa blouse, puis coincé entre le haut de sa jupe et sa peau nue.

« Je ne dois pas perdre une seconde... »

Paule fila vers le couloir. « Une chambre, vite, une chambre! » Qui libérerait la sienne le premier? Le client du 89, toujours tôt levé, le 103...?

De retour à l'office, plantée devant le tableau d'appel, elle pria le ciel afin de voir clignoter une ampoule le plus tôt possible.

Pendant ce temps, les yeux brillants comme les diamants de son bracelet, Jacqueline de Tellers sortait de la salle de bains. Elle y était cachée depuis un long moment et, par la porte entrouverte elle avait assisté au vol. Elle décrocha le téléphone et demanda à parler au sous-directeur.

— Mais qu'est-ce qu'ils foutent? Qu'est-ce qu'ils foutent? murmurait Paule devant le tableau qui demeurait obscur.

« Débarrasse-toi du bijou, lui conseillait une petite voix à l'intérieur d'elle-même. Tout ça va mal finir. Flanque-le par une fenêtre... »

— Non, dit-elle, farouche. Il est à moi, maintenant. Allume-toi, allume-toi donc! ordonna-t-elle au tableau.

Elle était en sueur. Le temps semblait s'être arrêté.

— Madame Jeannet!

Glacée, blême, Paule se retourna pour faire face à André Rivière.

— Le bracelet, demanda-t-il, la main tendue.

Et, comme Paule ne bougeait plus, il précisa :

— On vous a vue. Mme de Tellers était dans la salle de bains.

— Cette bonne femme est une ordure, dit Paule sans élever la voix. Elle tend des pièges aux domestiques...

— La question n'est pas là. Je vais immédiatement prévenir la police.

— Je ne vous le conseille pas, répliqua Paule qui avait retrouvé un peu de sa morgue.

— Et pourquoi ça?

— Je pourrais être très bavarde. Trop bavarde.

Fouillant dans l'échancrure de sa blouse, Paule recueillit le bracelet qu'elle remit au sous-directeur du *Crichton* d'un geste plein de condescendance.

André Rivière comprit ou crut comprendre la menace :

— La police ne s'intéresse pas aux ragots... et la plupart de nos clients sont majeurs!

— Ni le 82 ni le 90... et vous savez qu'on ne fume pas que du tabac, le soir, dans les chambres...

Nullement impressionné, André Rivière commençait à sourire mais ce sourire ne s'éternisa pas sur ses lèvres.

— Avant qu'on ne m'arrête, je pourrais aussi téléphoner à Mme Rivière, annonçait Paule.

— Qu'est-ce que ma femme a à voir avec tout cela ?

— Rien... mais elle sera certainement heureuse d'apprendre que Nadine Baillart ne vous laisse pas indifférent...

Paule avait abattu la carte qu'elle gardait depuis longtemps dans son jeu. André Rivière était devenu écarlate.

« Quelle chance j'ai eue, le jour où je me suis rendu compte que ces deux-là fricotaient ensemble », se disait Paule qui décida d'assurer son avantage en bluffant :

— Nadine Baillart... et les autres !

Ce nouveau coup avait porté. Paule laissa à son sous-directeur quelques secondes de répit avant de poursuivre :

— Je serais curieuse de savoir ce que ces messieurs de la police penseront d'une cliente comme Mme de Tellers qui attire les femmes de chambre chez elle et les laisse en tête-à-tête avec une fortune tandis qu'elle prend son pied dans la salle de bains...

— Je vous en prie ! coupa André Rivière, très choqué.

— Quelle réputation pour votre établissement !... et je n'ai pas encore vidé tout mon sac. Le récit des curieuses amours de Vladislas Boro-

vitch amusera aussi beaucoup une certaine presse...
C'est un garçon qui reçoit énormément... et
un peu n'importe qui... notamment des membres du personnel. Des jeunes gens, de préfé-
rence !

André Rivière réfléchissait. On entendit un garçon siffloter. C'était José qui entrait.

— Il est interdit de siffler dans les couloirs ! lui
lança le sous-directeur.

Sidéré, l'Espagnol n'osait plus ni avancer ni
reculer.

— Laissez-nous et fermez la porte, continua
André Rivière.

Le garçon d'étage disparut en un clin d'œil.

— Prenez une feuille de papier et un stylo...

— Je n'ai pas de stylo, dit Paule.

Rivière lui prêta le sien.

— Asseyez-vous et écrivez...

« Une confession ! se dit-elle en s'installant
devant la table. Voilà ce qu'il a trouvé ; une confession qu'il conservera dans son coffre... »

L'idée était déplaisante. Une autre lui vint, lumi-
neuse, divertissante.

« Cet imbécile n'a certainement jamais vu ni
mon écriture ni ma signature... »

— Je vais vous dicter, commença Rivière.
D'abord la date d'aujourd'hui... Je soussignée
Paule Jeannet, employée comme femme de chambre à l'hôtel *Crichton,* reconnais avoir dérobé, ce
jour, à Mme de Tellers...

La grande écriture penchée que Gilberte Monestier admirait tant s'était transformée en de minus-
cules pattes de mouches.

— Signez, maintenant...

Paule inventa une signature amusante et, l'encre séchée, tendit la feuille à André Rivière sans quitter sa chaise.

— Vous ne faites plus partie de la maison, madame Jeannet. N'attendez ni certificat ni salaire pour le mois en cours. J'arrangerai les choses avec Mme de Tellers; mais si j'apprends quoi que ce soit à votre sujet...

Il n'acheva pas, se contentant d'agiter la feuille de papier.

— Vous pouvez partir immédiatement, ajouta-t-il avant de pousser la porte.

Prise d'une subite envie de l'insulter, Paule se précipita derrière lui mais, à peine était-elle sortie de l'office, qu'elle se heurtait à José, visiblement dévoré de curiosité.

« Il ne faut pas qu'il sache, pas encore; il serait trop content! »

Choisissant la direction opposée à celle qu'avait prise André Rivière, Paule joua le rôle de la femme de chambre pressée, débordée de travail.

Mais dès qu'elle eut échappé aux yeux de l'Espagnol, son pas se ralentit.

Chambre 96... 98... 100...

« Fini tout ça, se disait-elle. Et j'en suis très heureuse. » Elle n'était pas absolument sincère. Qu'allait-elle raconter à Gilberte Monestier pour justifier ce départ brutal ?

« A quoi bon me soucier de l'opinion de cette idiote ? »

Accroché à la poignée du 108, elle remarqua le petit écriteau : « Ne pas déranger ». Elle se souvint de la cliente qui avait loué la chambre, la veille, au milieu de l'après-midi — et l'écriteau se balançait devant la porte depuis ce temps. Une silhouette mince, un imperméable de daim à col de fourrure, un foulard sur les cheveux, des lunettes noires, un grand sac du style « fourre-tout » en bandoulière. L'air d'une cover-girl qui sort du studio.

Paule se préparait à faire demi-tour quand elle crut entendre un gémissement, une plainte étouffée...

Elle fronça les sourcils, se rapprocha de la porte. Non, plus rien... ou, plutôt si, le grondement sourd de l'ascenseur tout proche. Pourtant, elle aurait juré que...

« Cette fille serait-elle malade ? »

Ne pas déranger.

Paule imagina une femme inconsciente et près d'elle quelques bijoux, des billets de banque dans un sac entrouvert. Ce qui avait raté à la chambre 91 pouvait-il réussir au 108 ?

Son passe tournait déjà dans la serrure. Elle ne savait pas très bien ce qui la poussait à entrer. L'inquiétude ? Le besoin de rendre service ? Le désir de ne pas quitter le *Crichton* les mains vides ?

La chambre était plongée dans une demi-obscurité. Une affreuse odeur de vomi monta aux narines de Paule qui fit la grimace. Elle avança. Il n'y avait personne dans le lit, pourtant défait. La jeune femme était tombée sur la moquette, entre le lit et le mur. Ses longs cheveux blonds souillés lui couvraient le visage. Elle était nue.

Paule s'agenouilla et secoua le corps glacé de l'inconnue :

— Mademoiselle... Mademoiselle !

La jeune femme respirait faiblement.

Sur la table de nuit, Paule aperçut des tubes et des flacons — tubes et flacons vides — un verre

renversé, une petite cuillère... et deux enveloppes.

Sans hésiter, Paule décrocha le téléphone.

2

*Delphine Farnel dans le coma après sa tentative
de suicide — le tragique roman de Delphine Farnel, star adulée, femme seule — Delphine Farnel
avait refusé de signer un gros contrat : elle était
décidée à mourir...*

Gilberte Monestier n'avait pas assez de ses deux
yeux pour parcourir les gros titres des quotidiens.
Les sous-titres étaient aussi éloquents : *Une gloire
trop lourde à porter — Des témoignages de sympathie venus du monde entier — Elle avait pensé
à tout — « Ma vie est un mauvais film ! » avait-elle
confié à notre envoyé spécial — Les hommes ne
lui ont jamais apporté ce qu'elle attendait — Le
show business qui tue !*

Assise non loin de Gilberte, sur un canapé-lit
qui disparaissait sous une vieille couverture maro-
caine, brandissant son long fume-cigarette, Paule
songeait à l'avenir et ne voyait ni raison de s'affo-
ler ni raison de se réjouir. « Je suis à un
tournant » se répétait-elle. *Un tournant...* l'expression lui plaisait. Encore qu'elle la trouvât bien
abstraite.

Un gloussement la tira de sa rêverie. Paule avait
invité la retoucheuse à dîner et elle espérait bien
que, fidèle à ses habitudes, Gilberte ne partirait
pas sans faire la vaisselle.

— Il y a une photo de vous dans *Le Temps de Paris !*

— Très floue, on me reconnaît à peine...

— *Cette femme a trouvé Delphine Farnel inanimée...* Ils n'ont pas mis votre nom, poursuivit Gilberte, navrée.

— Si, au début de l'article.

Nouveau gloussement de Gilberte qui se mit à lire à haute voix :

— « *Ne pas déranger* »... *Cette affichette dont l'usage nous vient des U.S.A. pendait à la poignée de la porte de la chambre 108, au 6ᵉ étage de l'hôtel* Crichton. *Hier matin, vers 9 h 30, Mme Paule Jeannet, femme de chambre, vaquait à ses occupations quand, passant dans le couloir, elle entendit des râles. Sans perdre une seconde, elle pénétra dans la chambre 108 en utilisant son passe et découvrit un corps inanimé qui était celui, elle l'apprit plus tard, de la célèbre vedette de cinéma Delphine Farnel. Mme Jeannet alerta le directeur de l'hôtel, M. André Rivière. Celui-ci appela un médecin qui fit immédiatement transporter la star à l'hôpital René-Valary où un traitement lui a été aussitôt appliqué sous la direction du Pr Jalmin, grand spécialiste de la toxicologie. Depuis, Delphine Farnel, totalement inconsciente, oscille entre la vie et la mort. Les médecins ont demandé encore vingt-quatre heures pour se prononcer. Tout espoir n'est pourtant pas perdu. Les organes essentiels n'ont pas été touchés.*

Gilberte releva la tête — les yeux commençaient à lui piquer, elle ne pouvait pas lire très longtemps de si petits caractères — et conclut, péremptoire :

— Elle va mourir !

— Nous le saurons demain, dit Paule.

— Mais pourquoi a-t-elle choisi de venir se tuer au *Crichton*?

— Pour avoir la paix... C'est du moins ce que prétendent les journalistes. Chez elle, c'est un défilé perpétuel...

Penchée en avant, Paule regardait les différentes photographies de Delphine Farnel qui illustraient les articles consacrés au suicide de la star. Un ovale parfait, une bouche sensuelle, des yeux en amande sous des paupières lourdes, des vagues de cheveux blonds qui accrochaient bien la lumière des projecteurs... Elle était presque trop belle mais, fort heureusement, un air à la fois tendre et fragile humanisait un visage qui aurait pu être celui d'une ravissante poupée. On disait Delphine Farnel très émotive, très vulnérable.

— Elle est vraiment jolie, murmura Paule.

— Mais pas si jeune que ça! répliqua Gilberte qui avait une tendance marquée à vieillir tout le monde.

Paule haussa les épaules :

— Vingt-sept ans. Un bébé. Et c'est une excellente comédienne, je comprends son succès...

— Et, hier matin, vous ne l'avez vraiment pas reconnue?

— Comment l'aurais-je pu? Elle était si... si sale.

— Sale?

— Elle avait vomi partout, sur sa poitrine, sur ses cheveux...

— Quelle horreur! glapit Gilberte en se cachant les yeux de ses deux mains. Combien de fois êtes-vous allée à l'hôpital?

— Une seule, cet après-midi, pour avoir des nouvelles.

— Comment était-ce ?

— La folie, l'hystérie ! Des journalistes hurlaient dans toutes les langues et se battaient pour entrer. Il a fallu appeler la police.

— Avez-vous vu Frédéric Valmon ?

Frédéric Valmon, qui avait été souvent le partenaire de Delphine Farnel à l'écran, l'était aussi à la ville.

— De très loin, répliqua Paule. Il s'est enfui pour échapper aux reporters.

— Ils disent que c'est à cause de lui qu'elle s'est suicidée, parce qu'il l'avait quittée...

— Possible... mais pas certain.

— Enfin, si jamais elle s'en sort, elle vous devra beaucoup ! conclut Gilberte en vidant d'un trait, le petit doigt levé, son verre de liqueur d'abricot.

— ... Ou bien elle m'en voudra d'avoir contrecarré ses projets !

— Je trouve tout de même bizarre qu'elle n'ait écrit à personne. Quand on se tue, on laisse des lettres, c'est la coutume !

Paule hésitait à répondre. Le besoin d'impressionner, de surprendre, l'y incita :

— Elle en a laissé.

La vieille fille protesta :

— Mais les journaux affirment le contraire...

Brusquement, son visage s'illumina, elle avait deviné :

— C'est vous qui les avez !

— Exactement, avoua Paule. J'ai pensé que si Delphine Farnel échappait à la mort, elle serait peut-être heureuse de les récupérer...

— A qui sont-elles adressées ?

— L'une à Frédéric Valmon, l'autre à son frère, Philippe Farnel.

— Et vous les avez lues ?

— Gilberte ! s'exclama Paule en prenant un air indigné.

« Ce n'est pas l'envie qui m'en a manqué », pensait-elle, mais elle se garda bien de le dire.

La retoucheuse se mordait les lèvres :

— Pardonnez-moi, Paule, je ne sais plus où j'en suis avec tous ces événements. En tout cas, je suis contente qu'on vous ait donné quelques jours de vacances...

— Des vacances ? répéta son amie, étonnée.

— Mais... vous n'avez pas travaillé, aujourd'hui !

— J'ai quitté le *Crichton*.

— Définitivement ? demanda Gilberte qui n'en croyait pas ses oreilles.

— Oui, définitivement.

— Pas possible...

— Si. Je n'ai pas du tout aimé l'attitude de mon sous-directeur dans cette pénible histoire, inventa Paule en allumant une nouvelle cigarette. Il était si scandalisé qu'une cliente aussi célèbre ait choisi son hôtel pour s'y suicider qu'il m'a presque reproché d'être entrée au 108...

Gilberte fronça les sourcils :

— Je ne comprends pas...

« Moi non plus ! se disait Paule. Mes explications sont plutôt confuses... » Elle n'en poursuivit pas moins avec aplomb :

— C'est-à-dire qu'il aurait préféré que Delphine Farnel meure...

— Mais cet homme est un monstre !

— ... Ainsi nous aurions discrètement fait

transporter son cadavre à l'hôpital et les journalistes n'auraient fait aucune allusion au *Crichton* dans leurs papiers.

— Pas sûr, répliqua Gilberte, qui doutait.

— Enfin, c'est ce qu'il s'imagine... Il était aussi furieux que ma photo paraisse dans *Le Temps de Paris,* continua Paule qui n'en était pas à un mensonge près.

— Il aurait sans doute préféré y voir la sienne! glapit la retoucheuse, outrée. Vous faire des reproches à vous... Vous... (Elle chercha le mot juste et le trouva :) une héroïne!

Modeste, Paule baissa les yeux :

— Bref, nous avons eu des mots... et je lui ai donné ma démission.

— Bravo! s'exclama Gilberte en applaudissant. Toute cette publicité vous vaudra certainement d'être engagée dans n'importe quel grand hôtel. On se battra pour vous avoir et ce monsieur en pleurera des larmes de sang. Quelle honte! Comment peut-on agir avec tant de bassesse?...

Paule souriait. Et son sourire était destiné à André Rivière. Elle se souvenait de son ultime entrevue avec lui, juste après que l'ambulance emportant Delphine Farnel eut quitté la rue Meyerbeer :

« — Vous avez bien agi, madame Jeannet... mais cela n'efface pas votre faute. Je ne peux pas revenir sur ma décision.

« — Je ne vous le demande pas! avait répondu Paule.

« — Voilà tout ce que je peux faire pour vous remercier », avait alors conclu le sous-directeur du *Crichton* en lui remettant une feuille de papier couverte d'une écriture rabougrie.

Paule avait aussitôt déchiré sa confession en petits morceaux, puis, après avoir salué André Rivière d'un signe de tête, elle avait regagné le vestiaire pour y retirer la blouse bleu clair qu'elle ne remettrait jamais.

Delphine Farnel : toujours l'angoisse ! titrait *Le Temps de Paris*, le lendemain. *Pourtant, la vedette a entrouvert les yeux à plusieurs reprises. Telle est l'information qui filtrait, hier soir, dans les couloirs de l'hôpital René-Valary où Delphine Farnel est en traitement depuis sa tentative de suicide. Les médecins pensaient également que la star pourrait reprendre entièrement conscience dans la nuit.*

Le surlendemain, le quotidien rassurait ses lecteurs par ce seul et énorme mot à la « une » : *SAUVÉE ! Pour Delphine Farnel, le temps n'a pas existé depuis qu'elle a avalé des barbituriques jusqu'à ce qu'on la sauve. La preuve en est que, ouvrant les yeux et apercevant des infirmières à son chevet, elle a gémi : « Je vous en prie, faites-moi vite un lavage d'estomac, je viens d'avaler des somnifères. »*

Il pleuvait sur Paris quand Paule retourna à l'hôpital, serrant un gros bouquet d'anémones contre son cœur. Les reporters et les photographes faisaient toujours le pied de grue dans la cour. La présence de deux agents en faction devant les portes du bâtiment B indiquait bien que les représentants de la presse n'étaient pas libres de leurs mouvements.

Paule hésita un moment sur la conduite à tenir. Ne risquait-on pas de la prendre, elle aussi, pour une journaliste ? « Pas avec mes fleurs, se dit-elle.

Et puis mon vieux manteau de cuir noir fait tout ce qu'il y a de plus respectable... » A grands pas, elle se dirigea vers l'entrée mais l'un des agents lui barra le chemin.

— Où allez-vous, madame?

Elle le dévisagea d'un air à la fois désagréable et étonné :

— Mais, je viens prendre mon service...

— Et ça? demanda l'agent en pointant le doigt sur les anémones.

— Il est interdit de fleurir son bureau, maintenant? répliqua Paule avec hauteur.

Tout en s'écartant pour la laisser passer, l'agent grommela quelque chose qu'elle ne comprit pas.

Dans le hall, Paule fut obligée de s'adresser à la réception. Une grosse femme aux lèvres boudeuses prit son temps avant de daigner lui prêter attention.

— Vous désirez?

— Voir Mlle Delphine Farnel.

Les yeux au ciel, la grosse femme secoua la tête comme si elle avait affaire à une folle :

— Vous ne doutez de rien!

— C'est moi qui l'ai sauvée, précisa Paule.

— Vraiment? dit l'autre, incrédule.

Paule sortit de son sac la première page du *Temps de Paris* du 15 mars; elle l'avait pliée de façon à mettre sa photo en valeur. La femme y jeta un coup d'œil :

— C'est vous, ça? Ce pourrait aussi bien être moi!

— Regardez le nom, au début de l'article, ordonna Paule d'un ton sec. Et contrôlez avec ceci, conclut-elle en exhibant sa carte d'identité.

La femme se radoucit et esquissa même un sourire :

— Excusez-moi, mais Mlle Farnel doit être protégée. Si vous saviez ce que les journalistes osent inventer pour arriver jusqu'à elle... Enfin, je pense que vous, ce n'est pas pareil...

Elle appuya sur un bouton. Apparut presque immédiatement une jeune fille en uniforme rose — le style hôtesse de l'air. La femme lui murmura quelques mots à l'oreille avant d'annoncer à Paule :

— L'hôtesse va vous conduire. Mais ne restez pas trop longtemps auprès de Mlle Farnel; elle est encore très faible.

Paule entra dans la cage de l'ascenseur avec la jeune fille puis elle parcourut une demi-douzaine de couloirs en sa compagnie. Elles croisèrent une vieille infirmière à qui l'hôtesse expliqua à voix basse les raisons de la présence de la visiteuse et Paule pénétra enfin dans une chambre blanche aux rideaux tirés. Accrochée au montant du lit, une lampe diffusait une lumière douce.

Devant le petit visage livide et vierge de tout maquillage de la très jeune femme qui la regardait avec une appréhension visible, la première pensée de Paule fut qu'elle s'était trompée de chambre.

— Mademoiselle Farnel ? demanda-t-elle.

— Oui, dit la jeune femme. Vous n'êtes pas journaliste ?

Ainsi, c'était bien elle. Paule essayait vainement d'établir un lien entre la star à la beauté rayonnante qu'elle avait admirée à l'écran et cette adolescente fiévreuse.

« Comme elle est frêle... »

— C'est moi qui vous ai trouvée dans la chambre 108 de l'hôtel *Crichton*.

Un peu de rose colora les joues de Delphine Farnel. Paule déposa sur le drap le bouquet d'anémones.

— Elles sont très jolies, dit la vedette en s'en emparant. On ne m'a envoyé que des roses... et je les déteste, précisa-t-elle avec un timide sourire.

— Vous ne m'en voulez pas ? demanda Paule.

— Moi, vous en vouloir ? Et pourquoi ?

— Eh bien... de vous avoir empêchée de...

— ... de mourir ?

Delphine secoua la tête pour faire signe que non.

— Ce n'était pas mon heure, ajouta-t-elle. Merci pour les fleurs.

Paule ne pouvait s'habituer à l'idée qu'elle se trouvait réellement en présence de Delphine Farnel. Elle avait imaginé une femme meurtrie, certes, mais capricieuse, une personnalité affirmée ou, pourquoi pas, une hystérique. Paule ne savait pas très bien comment se comporter et cette incapacité, rarement éprouvée, provoquait chez elle une sorte de malaise.

— J'ai encore quelque chose pour vous, annonça-t-elle en fouillant dans son sac. Puis-je m'asseoir ?

— Mais, naturellement, répliqua la jeune femme, confuse.

Paule attira une chaise et s'installa près du lit. Un instant plus tard, elle montrait deux enveloppes à Delphine Farnel qui eut un mouvement de recul.

— Quand je me suis aperçue que vous étiez vivante, j'ai pensé que vous préféreriez peut-être que ces lettres ne parviennent pas à leurs destinataires.

Delphine avait caché ses mains sous le drap mais elle en sortit tout de même une pour essuyer les larmes qui coulaient sur ses joues.

— Il ne faut surtout pas que vous les relisiez, ni même que vous les touchiez, décida Paule.

Et, d'autorité, elle déchira les enveloppes en petits morceaux qui disparurent au fond de son sac.

Une vitre vola en éclats, derrière le rideau blanc. Les deux femmes sursautèrent. Quelqu'un ouvrait la fenêtre, s'introduisait dans la chambre, écartait le rideau : un jeune reporter, plus hardi, plus agile que ses confrères, et qui brandissait son appareil photo en direction de Delphine. L'éclair du flash arracha un cri à la vedette.

Bondissant, l'homme réarma son appareil et prit un second cliché. Il n'eut pas le loisir d'en prendre un troisième. Saisissant par le goulot une grande bouteille d'eau minérale en plastique qui n'avait pas encore été ouverte, Paule s'en servit comme d'une matraque et en assena un coup formidable sur le crâne de l'envahisseur. La douleur, la stupeur aussi firent que le jeune homme s'accrocha au montant du lit pour ne pas tomber. Paule réussit à s'emparer de l'appareil-photo; elle le jeta au sol et le piétina avant d'aller écraser le bouton de sonnette fixé au-dessus de la table de nuit. Delphine Farnel hurlait toujours, comme en proie à un cauchemar.

Deux infirmières surgirent en trombe et se précipitèrent sur le garçon qui, n'ayant pas encore retrouvé tous ses esprits, ne leur opposa pas une très grande résistance.

— Mon appareil! parvint-il seulement à dire.

Paule le lui lança après avoir habilement récupéré la pellicule. Les infirmières disparurent, entraînant le garçon qui se frottait la tête.

Paule reprit sa place à côté de Delphine.

— Ça recommence, gémissait la jeune femme. Après celui-là, il y en aura un autre, puis dix, puis cinquante... Je ne peux plus supporter tout cela, je ne le peux plus...

— Calmez-vous, répliqua Paule avec douceur. Avec moi, vous êtes en sécurité. Vous avez vu comment je les traite ?

— Oui, murmura Delphine, souriant au souvenir de l'agression.

Paule regardait fixement Delphine Farnel mais ne la voyait pas. Ce qui l'aveuglait, c'était la certitude d'être en face de la Chance. Oui, cette toute jeune femme éplorée, cet oiseau plaintif, c'était sa chance, celle que l'on ne rencontre qu'une seule fois au cours de l'existence. Paule ne ressentait plus du tout cette gêne qui la paralysait quelques minutes plus tôt ; elle savait maintenant ce qu'elle avait à faire : agir, décider, ordonner. Elle l'avait compris en assommant à moitié le photographe, subjuguant du même coup la vedette. Ce qui l'effrayait, c'était le manque de temps. Les infirmières n'allaient pas tarder à revenir : il y avait le carreau à changer... Elles prieraient gentiment la visiteuse de sortir... et Paule aurait perdu la grande occasion de sa vie.

— Vous n'avez jamais eu de garde du corps ? demanda-t-elle.

— Si... mais ils ont vite été corrompus par les journalistes ; ils leur vendaient des photos de moi, des photos prises dans l'intimité ; ils leur racontaient mes amitiés... et mes amours !

— Il ne faut jamais faire confiance aux hommes, dit Paule avec bonne humeur. Vous ne le savez pas encore ?

Elle fit mine de se lever :

— Mais je vous fatigue, je vais vous laisser...

— Non, non, s'exclama vivement Delphine. Restez, je vous en prie...

Paule apprécia : « Excellente réaction ! »

— ... si toutefois vous le pouvez, ajouta la jeune femme.

— Oh ! je le peux tout à fait, avoua Paule, je ne travaille plus au *Crichton.*

— Vous avez été... renvoyée ?

— Presque ! répliqua Paule d'un ton un peu forcé qui sous-entendait que le fait était sans importance.

— A cause... à cause de moi ? demanda la jeune vedette.

— Presque ! répéta Paule, toujours un brin ironique. Mais que cela ne vous empêche surtout pas de dormir. Je n'aurai aucun mal à trouver un autre emploi. Du moins, je l'espère.

— Mais je me sens responsable de ce qui...

En souriant, Paule posa un doigt sur les lèvres de Delphine afin de l'obliger à se taire.

— Non, vous n'êtes pas responsable. J'aurais quitté l'hôtel tôt ou tard; je ne m'y plaisais pas. N'en parlons plus. Ce qui compte, c'est votre santé, votre tranquillité...

Là, Paule observa à dessein une assez longue pause; elle voulait laisser à la jeune femme le temps de réfléchir.

« Répète-toi mille et une fois que j'ai été flanquée à la porte à cause de toi, ma jolie, sois-en bien convaincue... et souviens-toi que je n'ai pas

mon pareil pour me débarrasser des importuns!
Tu as failli mourir, Delphine Farnel, mais c'est
moi la victime, TA victime. Tu me dois
réparation... »

Comme le silence se prolongeait un peu trop à
son goût, Paule reprit la parole avec un rien de
nervosité :

— Je ne connais pas grand-chose à la vie d'une
vedette de cinéma mais je sais ce que je conseille-
rais à une jeune femme qui vient de faire une
bêtise...

— Quoi donc?

— Un mois au calme, dans un trou de campagne, sans voir personne. Longues promenades, siestes, lectures, goûters, voilà ce qu'il vous
faut...

Delphine secoua la tête comme si elle se débat-
tait contre un ennemi invisible.

— Mais tout cela m'est interdit, dit-elle d'une
voix tremblante. On m'empêchera de partir et, si
j'y réussis, on me retrouvera et je serai encore
traquée...

— Qui ça, « on »?

— Les journalistes, les photographes, mon
imprésario, mon frère...

« ... Et Frédéric Valmon », pensa Paule, mais
elle ne le dit pas.

— Rien que pour sortir de l'hôpital, ce sera la
grande corrida; alors ma fuite à la campagne...
avec trente voitures derrière moi!

— Pas sûr, répliqua Paule. J'aimerais pouvoir
vous aider. Je crois que...

Elle s'interrompit et changea de ton, comme si
elle avait été indiscrète :

— ... Mais naturellement vous n'avez aucune

raison de me croire, de me faire confiance, vous ne me connaissez pas...

— Vous m'avez sauvée, intervint Delphine, agitée. Cela nous lie... Qu'alliez-vous dire?

— ... Que je me sens parfaitement capable d'organiser votre départ... et d'assurer votre retraite.

La porte s'ouvrit brusquement, livrant passage à une infirmière. Paule fut prise d'angoisse : dans une minute, elle saurait si elle avait ou non gagné la bataille; une bataille qu'elle n'aurait jamais imaginé devoir livrer avant d'entrer dans cette chambre.

— Je suis obligée de vous demander de laisser notre petite malade se reposer, dit l'infirmière.

Paule se leva aussitôt, tandis que l'affolement se lisait sur le visage de Delphine Farnel. Se penchant hors du lit, elle saisit la main de Paule :

— Vous reviendrez, n'est-ce pas? lui dit-elle, implorante. Vous reviendrez?

— Dès que vous le voudrez...

— Demain, venez demain, je vous en prie. Nous avons à parler... Promettez-le-moi !

— Je vous le promets, répliqua Paule avec douceur. (Elle ajouta :) Je peux vous embrasser?

— Oui.

Les lèvres de Paule se posèrent légèrement sur le front brûlant de Delphine Farnel. Un instant plus tard, avant de franchir le seuil de la porte, elle se retourna et fit un petit signe de la main à la jeune vedette qui sourit.

Paule, elle, sourit dans le couloir. Elle avait la très nette impression d'avoir remporté une sorte de victoire.

D'un pas conquérant, elle se dirigea vers l'ascenseur. Elle n'eut pas le temps d'écraser du doigt le bouton d'appel : la cage s'immobilisait à l'étage. Paule recula pour éviter la porte, poussée par l'hôtesse qui lui avait servi de guide. La jeune fille était suivie d'un garçon d'environ vingt-cinq ans, très parfumé, aux cheveux mi-longs et à l'élégance tapageuse : costume de velours frappé couleur groseille, jabot de dentelle et manteau de murmel sur les épaules.

Mise au courant, par la réceptionniste, du rôle exact joué par Paule dans le sauvetage de Delphine Farnel, l'hôtesse venait de révéler à son compagnon la présence de la femme de chambre du *Crichton* à l'hôpital.

— Voici justement madame... commença-t-elle, avant d'avouer à Paule : Excusez-moi, j'ai oublié votre nom.

— Jeannet. Paule Jeannet.

— Madame Jeannet, reprit l'hôtesse qui présenta le jeune homme : Monsieur Philippe Farnel.

« Le frère ! pensa Paule. Il existe une vague ressemblance avec la vedette, en effet... Le nez, la bouche... mais ses yeux à lui sont tombants... et il a l'air d'une parfaite petite tante ! »

Philippe Farnel se força à sourire et tendit une main :

— Toute ma reconnaissance, dit-il d'une voix un peu trop haut perchée. Nous vous devons beaucoup, ma sœur et moi...

— Je n'ai fait que mon devoir, répliqua Paule. Je quitte Mlle Farnel à l'instant... ou, plus exactement, on m'a mise à la porte ! Les visites lui sont interdites jusqu'à demain.

— La consigne ne s'applique pas à moi ! annonça le jeune homme avec un petit sourire supérieur. Au revoir, madame, Delphine ne vous oubliera pas.

— C'est en effet ce qu'elle a eu la gentillesse de me répéter tout au long de notre entretien.

Ils échangèrent un regard dépourvu de chaleur et comprirent instantanément qu'il y avait très peu de chance pour qu'ils devinssent amis un jour.

Et tandis que Philippe Farnel s'éloignait, piloté par l'hôtesse, Paule se dit qu'elle avait peut-être chanté victoire un peu prématurément. Mais cela ne l'incita pas à modifier ses plans. Bien au contraire.

3

Les choses ne traînèrent pas. Le soir même, Paule écrivit à l'une de ses cousines, propriétaire de deux vieilles maisons à Châtignes, en Eure-et-Loir. (Paule était originaire de Châtignes.)

Je te serais reconnaissante de me louer la maison de la rue des Mesures tout le mois d'avril...

Elle joignit à sa lettre un mandat de 700 francs. Paule avait déjà loué la maison de la rue des Mesures l'année précédente, pendant le mois d'août, pour la même somme. La cousine serait ravie de l'aubaine, Paule n'en doutait pas.

« De grands changements se préparent », se contenta-t-elle d'annoncer à Gilberte Monestier, venue aux nouvelles à l'heure du dîner.

Le lendemain, à l'hôpital René-Valary, Paule

entendit, de la bouche de Delphine Farnel, les mots tant espérés, tant attendus :

— J'ai besoin de quelqu'un comme vous... Si vous êtes d'accord, je vous engage comme gouvernante-secrétaire. Vous ne me quitterez plus.

— Votre proposition me fait un plaisir immense, assura Paule, mais je ne voudrais surtout pas qu'elle vous ait été dictée par la pitié...

— Si j'avais pitié de vous, je me serais contentée de vous signer un chèque ou de vous faire un cadeau...

Paule se refusa à parler argent. « Plus tard, nous avons le temps. »

— Appelez-moi Delphine, je vous appellerai Paule.

— C'est entendu.

— Il faudra vous occuper de l'appartement, des domestiques; moi, je n'ai jamais su...

— Nous verrons tout ça à notre retour, dit Paule.

— Nous partons donc?

— Dès que les médecins vous y autoriseront.

Paule exposa ses projets de « vacances » sans donner trop de précisions.

— Où irons-nous? répéta la vedette pour la troisième fois.

— Je ne vous le dirai pas... cela pourrait vous échapper devant une infirmière ou devant votre frère, et alors, adieu la tranquillité! Tous mes efforts seraient réduits à néant.

— Mais Philippe a le droit de savoir, lui...

— Ni lui ni personne, répliqua Paule, inflexible. Votre guérison est à ce prix.

— Vous avez raison, murmura Delphine, subjuguée.

Désormais, tous les après-midi, les deux femmes passaient une heure ou deux ensemble. Un jour, Delphine éprouva le besoin d'évoquer ses débuts au cinéma.

— Je venais d'avoir vingt ans, j'étais vendeuse dans un magasin de disques rue Bonaparte et, le soir, je prenais des cours de décoration...

— Vous viviez seule?

— Avec Philippe. Maman est morte à ma naissance... Quant à mon père, il travaillait en Algérie, mais nous sommes sans nouvelles de lui depuis 72 ou 73. Je ne sais même pas s'il est encore en vie. Farnel est le nom de jeune fille de ma mère, précisa Delphine.

— Pourquoi votre frère le porte-t-il?

— Je suppose que c'est parce qu'il est fier de moi.

« Et parce que cela lui procure très certainement des tas de petits avantages », pensa Paule.

— J'ai été photographiée par un type à la terrasse des *Deux Magots*, poursuivait Delphine en reprenant le fil de son récit. A partir de là, tout s'est enchaîné très vite. Le type travaillait dans un journal de modes, j'ai fait quelques photos pour lui. Maxime Vandal les a vues; il cherchait une fille dans mon style pour son film... C'était *L'amour en sautoir*. Personne ne se doutait que ce serait un tel succès...

Delphine rêva pendant quelques instants.

— Vous regrettez cette période? demanda Paule.

— Oui. Tout était simple, amusant...

Delphine se tut, comme si elle craignait d'aborder les chapitres les plus gris de sa propre histoire.

Le lendemain, Paule revit Philippe Farnel.

— Philippe, voici Paule...

— Je connais madame, dit le garçon sans enthousiasme.

— C'est mon garde du corps, ma gouvernante et ma secrétaire... Je suis si heureuse qu'elle ait accepté d'entrer à mon service.

Philippe l'était beaucoup moins... Il ouvrit la bouche pour dire quelque chose puis se ravisa et hocha la tête pour mimer une satisfaction de commande. Ce qu'il apprit un peu plus tard lui déplut encore davantage.

— Vous allez emmener ma sœur à la campagne pendant un mois ?

— Je ne sais même pas où elle me conduit, c'est un véritable kidnapping ! dit Delphine en souriant.

— Tu vas crever d'ennui, pauvre folle ! Enfin, je viendrai te voir avec des copains...

— Pas question ! lança Paule. Les visites sont interdites.

— Mais c'est dément ! protesta le garçon, indigné. Delphine...

— C'est Paule qui commande...

— Monsieur Farnel, il faut faire les choses sérieusement ou pas du tout, reprit Paule. J'ai longuement parlé avec le Pr Jalmin. Il approuve tout à fait ma décision.

Le « ma décision » était de trop, Paule s'en rendit compte. Les yeux de Philippe Farnel étaient devenus tout petits et si éloquents que Paule crut entendre : « Pour qui te prends-tu, espèce de vieille conne ? » et elle amorça un repli :

— Naturellement, si vous vous opposez formellement à ce que je prenne soin de votre sœur, je ne peux que m'incliner...

44

— Je veux partir avec Paule, dit Delphine sur un ton plaintif.

Glissant ses longues mains dans les poches de son « bleu de chauffe » en tweed sous lequel il portait un col roulé feuille morte, Philippe marcha jusqu'à la fenêtre devant laquelle il s'immobilisa.

Il était furieux. « Cette sorcière a bien su manœuvrer... Delphine ne jure plus que par elle ! » Il résolut pourtant de ne voir que le bon côté de la chose. « Delphine n'est pas en état de refaire un film avant pas mal de temps... De plus, elle est capricieuse, fantasque, insupportable; qui, mieux que cette virago — qui doit avoir une poigne de fer —, pourra la forcer à se reposer ? Moi, je ne suis pas de taille et puis je n'ai aucune envie de quitter Paris en ce moment ! » Il conclut donc : « A leur retour, je saurai bien persuader Delphine de se débarrasser de cette monstresse... »

Paule devinait toutes les pensées du jeune homme et s'en amusait. Elle se sentait la plus forte parce qu'elle était entièrement disponible et libre de toute attache.

Philippe Farnel se retourna :

— D'accord pour le kidnapping, dit-il à sa sœur. Mais tu emporteras des scénarios, il en est arrivé des masses ces derniers jours. J'ai sélectionné les meilleurs; il faut que tu choisisses avec soin ton film de rentrée...

— Nous les lirons ! affirma Paule.

« De quoi vous mêlez-vous ? » disait le regard du jeune homme qui articula avec peine :

— Alors, tout est parfait.

Huit jours plus tard, coiffée d'une perruque blonde mousseuse, emmitouflée dans un vison à col pétale, les yeux cachés derrière de grosses lunettes noires, une fausse Delphine Farnel sortit de l'hôpital au bras du frère de la vedette. Le rôle était joué par la jeune hôtesse du bâtiment B, trop heureuse de pouvoir rendre service à la star et de respirer, ne serait-ce que quelques instants, un parfum de gloire.

Les flashes crépitèrent, des micros lui furent tendus.

— Pas de déclaration! annonça Philippe Farnel en rejoignant sa compagne à l'intérieur d'une longue Prentiss noire qui démarra immédiatement.

Et la course-poursuite commença.

Dès que les journalistes et les photographes eurent déserté la cour, Paule conduisit devant la porte du bâtiment une DS 19 qu'elle avait louée le matin même. Vêtue d'un imperméable, un foulard sur les cheveux, sans fards, Delphine Farnel grimpa dans la voiture après avoir serré la main du Pr Jalmin.

Paule et Delphine arrivèrent à Châtignes à la tombée de la nuit. La jeune femme ne cacha pas sa déception :

— C'est tout petit... et mal éclairé.

— Qu'espériez-vous trouver? demanda Paule d'une voix un peu sèche. Des cafés à terrasse, un casino, un orchestre en plein air?

La maison, en revanche, solide, harmonieuse et couverte de lierre, séduisit la vedette. Sitôt entrée, elle s'attendrit devant l'escalier aux marches gémissantes, les meubles lourds et encombrants, le calendrier des Postes pendu dans la cuisine, les gros édredons jaunes écrasant les lits et le feu de bois qui crépita bientôt dans l'âtre.

— Couchez-vous immédiatement, ordonna Paule, je vais vous faire un dîner léger...

— Avec quoi ? Les placards sont vides...

— J'ai apporté ce qu'il faut.

— Paule, vous êtes merveilleuse, dit Delphine qui poursuivit d'un ton dépité : il n'y a pas de télévision...

— Nous en louerons une.

A l'étage, les chambres étaient contiguës.

— Paule, laissez votre porte ouverte, pria Delphine quand vint le moment d'éteindre les lampes.

Quelques minutes plus tard, elle se mettait à pleurer, le nez dans l'oreiller.

— Delphine, que se passe-t-il ?

— Je me sens angoissée, je ne suis pas habituée à cette pièce...

Paule se releva et, aidée par Delphine, tira son lit dans la chambre de la vedette.

Bien qu'ayant avalé un somnifère, Delphine ne s'endormit que lorsqu'elle eut la main de Paule dans la sienne.

Dans le noir, Paule réfléchissait à la meilleure façon de se rendre indispensable. Une phrase, prononcée par Delphine, un après-midi, à l'hôpital, lui avait dicté son comportement :

— Paule, vous vous conduisez avec moi comme une mère...

« Une mère »... Delphine n'avait jamais connu la sienne. Donc, de l'autorité et de la tendresse. L'autorité, c'était facile; la tendresse, un peu moins. Il faudrait truquer. Pour Paule, Delphine Farnel n'était qu'un moyen d'arriver, la promesse d'une vie facile. Elle ne voyait en la jeune femme qu'une affaire, une excellente opération.

« Ça, une star ! Ce phénomène d'immaturité, cette gamine exigeante... et dire qu'on lui accorde, sans sourciller, des millions de francs pour se tortiller devant une caméra ! Il y a le talent, bien sûr... mais tout le monde a du talent. Enfin, presque tout le monde. »

« J'ai du talent », se dit encore Paule au cours de la nuit quand, réveillée en sursaut, Delphine se mit à crier.

— Je suis là, ma chérie, chuchota-t-elle avec douceur. Ne craignez rien, rendormez-vous vite...

— Paule, gémit Delphine, restez avec moi...

— Je ne vous quitterai jamais...

« Oui, moi aussi j'ai du talent. Dommage que mon public soit si limité ! »

Paule ne rêvait pas de faire une carrière de comédienne; elle n'avait jamais été attirée par le monde du spectacle. Non, son seul désir, présentement, était de devenir l'ombre de Delphine Farnel, de mêler son existence à celle de la jeune vedette aussi étroitement que le lierre s'accrochait à la vieille maison de Châtignes.

Très vite, des habitudes furent prises; Paule les estimait d'ailleurs indispensables à la guérison de sa jeune compagne. Delphine se levait tard et prenait son thé au lit. Vers 11 heures, première promenade avec Paule dans la campagne — en imperméable et bottes, car il pleuvait le plus souvent. Retour à la maison pour le déjeuner. Petite sieste et seconde promenade. Lecture, jeux de cartes, dîner, télévision et tisane avant d'aller dormir. Le programme était immuable.

Au début de son séjour à Châtignes, Delphine, qui ne se maquillait plus, ne sortait jamais sans être coiffée d'une perruque brune. L'inutilité de cette précaution lui apparut rapidement. On ne faisait guère attention à elle. Paule intéressait davantage les Châtignois...

— Ben, dites donc, elle est revenue au pays, la Paule...

— Sa cousine prétend que...

— Si elle a loué la maison de la rue des Mesures comme ça, au beau milieu de l'année, c'est qu'elle a les moyens...

— Et la petite jeune, qui est-ce ?

— La fille des patrons chez qui Paule travaille à Paris; paraît qu'elle a été souffrante...

— Alors ce sont les parents qui paient pour la maison !

Mais une semaine après leur arrivée, les deux femmes faisaient partie du décor et on ne se retournait plus sur leur passage.

Dès qu'elle se sentit un peu mieux, dès que les forces lui revinrent, Delphine se montra moins docile et contesta.

Un jour, après le repas de midi, Paule lui donna un ordre :

— C'est vous qui ferez la vaisselle.

Delphine ouvrit de grands yeux :

— La vaisselle, moi ?

Sous-entendu : « Moi, la star, l'étoile des étoiles ! »

— Oui, vous.

— C'est une plaisanterie ?

— Elle ne serait pas drôle. Vous allez faire la vaisselle et, désormais, vous la ferez chaque jour.

— Certainement pas ! répliqua Delphine en quittant la table.

— Delphine, ici, c'est moi qui commande.

— Mais c'est moi qui paie !

La main de Paule s'abattit sur la joue de la jeune femme qui s'enfuit en sanglotant.

Paule attrapa son manteau et sortit. Elle avait sciemment giflé Delphine, tout en sachant que cette gifle pouvait lui coûter très cher.

« Je risque gros... »

Tout en s'éloignant d'un pas vif, Paule imaginait déjà son retour. La maison vide et la lettre sur la table avec quelques billets de banque. *Je n'ai plus besoin de vous. Adieu. Delphine.*

Paule s'arrêta chez sa cousine, y but une tasse de café et favorisa l'évocation de souvenirs de famille qu'elle connaissait par cœur. Elle prolongea sa visite au maximum mais, vers 15 heures, n'y tenant plus, elle regagna la rue des Mesures.

La vaisselle était lavée, essuyée, rangée et Delphine se jeta à son cou :

— Paule, je vous demande pardon.

Paule s'était interdit de poser une question qui, pourtant, la tourmentait fort et depuis longtemps : « Pourquoi avez-vous tenté de vous suicider ? » Elle attendait que Delphine fût assez sereine pour aborder elle-même le sujet.

— A Paris, vous continuerez de m'aider, n'est-ce pas ? dit la jeune femme, accrochée au bras de Pauline.

Elles s'étaient enfoncées dans le bois de la Martinière, au-dessus duquel brillait un soleil anémique.

— Naturellement, répliqua Paule, devinant que les confidences étaient proches. J'espère que vous n'en doutez pas ?

— On m'a fait tant de promesses, dit Delphine d'une voix presque inaudible.

— Croyez-vous que... que vous pourriez avoir envie de quitter la vie, à nouveau?

— Si j'étais seule, peut-être...

— Vous l'étiez donc?

— Horriblement.

— Mais... votre frère?

— Philippe a sa vie, ses amis... Oh! il m'aime beaucoup, se hâta d'ajouter Delphine. Mais je crois qu'il m'en veut un peu d'avoir réussi là où il a échoué. Il se destinait au théâtre et cela n'a pas marché pour lui... D'où une certaine jalousie, un certain dépit.

Elle se tut pendant quelques secondes puis l'aveu arriva d'un seul coup :

— J'ai voulu mourir parce que Frédéric m'avait abandonnée. Frédéric Valmon. Je tenais terriblement à lui, physiquement. Je pense que je l'aimais... que je l'aime toujours. Oh! Je suis lucide, je sais qu'il s'est servi de moi. Sa carrière est en veilleuse. Les deux films que nous avons faits ensemble l'ont remis en selle mais pas suffisamment pour qu'il obtienne seul la tête d'affiche dans une production valable, pour que l'on monte une affaire sur son nom. Nous devions tourner un troisième film mais le producteur a préféré engager Michael Anderson — un comédien anglais — pour me donner la réplique. Frédéric m'a accusée d'avoir manœuvré pour l'écarter, d'être jalouse de son succès... alors qu'au contraire je m'étais battue pour lui, mais mon contrat, tel qu'il était rédigé, ne me permettait pas de choisir, d'imposer mon partenaire. Frédéric n'a rien voulu entendre; il a été ignoble... absolument ignoble, répéta Delphine, en luttant pour retenir ses larmes.

Paule hocha la tête en silence. « Des cabotins, des monstres d'égocentrisme, des pantins ! » pensait-elle, nullement impressionnée.

— Il est venu plusieurs fois à l'hôpital mais Philippe avait donné des ordres et il n'a jamais pu m'approcher.

Levant les yeux, Delphine regardait le feuillage des arbres, comme pour y chercher un réconfort, puis elle poussa un gros soupir :

— Il y a aussi autre chose... Quelque chose d'affreux que je n'ai confié à personne... absolument personne. On me fait chanter !

Paule dut attendre la nuit suivante pour obtenir des précisions. Les deux femmes étaient couchées et Delphine tenait la main de Paule étroitement serrée dans la sienne quand elle reprit sa confession, sans aucun préambule :

— L'année dernière, en septembre-octobre, je fréquentais une petite bande... On y trouvait des mannequins, des cover-boys, de jeunes acteurs de café-théâtre et quelques gigolos professionnels. Nous nous réunissions souvent chez moi. Nous buvions beaucoup, nous fumions de l'herbe... et nous pratiquions l'amour en groupe...

— Et Frédéric Valmon ?

— Il était en Yougoslavie pour tourner les extérieurs d'un « péplum » de série B. J'essayais de me détacher de lui, de me prouver qu'il ne m'était pas indispensable. Au cours de ces soirées agitées, quelqu'un a discrètement pris des photographies... Beaucoup de photos, très nettes, très « artistiques ». J'étais la plus célèbre des participantes et, circonstance aggravante, la maîtresse de maison... donc la victime toute désignée.

— On vous a demandé de l'argent ?

— Oui, et de plus en plus. J'ai payé de peur du scandale.

— Qui est le photographe?

— Un certain Fabio... Un voyou italien, superbe d'ailleurs, mais une véritable ordure. Il est revenu me voir le jour où j'ai rompu avec Frédéric. La rupture, le chantage, c'était trop. J'ai décidé d'en finir. Chez moi, c'était impossible avec Philippe qui pouvait arriver d'un moment à l'autre. Je suis donc allée prendre une chambre au *Crichton* où j'ai donné un faux nom. Vous connaissez la suite...

— J'arrangerai ça, affirma Paule.

— Mais comment?

— Je vais y réfléchir, mais je suis certaine d'y parvenir. Essayez de dormir.

Delphine avait en Paule une telle confiance qu'elle s'endormit presque instantanément.

On ne reparla plus du chantage. Mais, dès le lendemain, Paule ordonna à la jeune femme de faire elle-même son lit:

— Le travail est une excellente thérapeutique.

Les scénarios que Delphine avait repoussés avec dégoût au début de son séjour faisaient maintenant l'objet de discussions passionnées. Delphine et Paule les lisaient chacune à leur tour.

— Vous leur donnerez deux notes, avait dit la vedette. La première pour l'histoire, la seconde pour mon rôle.

Certains manuscrits étaient abandonnés à la dixième page.

— Comment Philippe a-t-il pu sélectionner une telle connerie?

— Peut-être votre frère connaît-il intimement l'auteur? suggérait Paule d'une voix trop neutre.

Et Delphine pouffait de rire. Elle riait de plus

en plus souvent et quelquefois face au miroir, charmée par sa beauté retrouvée.

— Narcisse! lui lança Paule.

— Ce n'est pas du tout ça, protesta Delphine. Je suis heureuse pour les spectateurs...

Et, comme Paule levait les yeux au plafond, la jeune femme précisa avec humeur :

— Ils ont besoin de moi, ils me l'écrivent. Je ne dois pas les décevoir. C'est comme une... une mission !

Et elle souriait de nouveau à son double, glissant ses doigts dans ses cheveux.

Un scénario intitulé *Chambre à part* obtint de très bonnes notes. C'était l'histoire d'un jeune couple très uni, très heureux, et que tout le monde croyait marié. Obligés par les circonstances de régulariser leur union, les deux jeunes gens ne s'entendaient plus et finissaient par se séparer.

— C'est à la fois tordant et déchirant, déclara Delphine. Il faudrait tourner ça à toute vitesse, presque comme un reportage...

Elle s'enthousiasmait, prenait des notes, faisait des listes d'acteurs, cherchait le metteur en scène idéal.

— Et le film que vous deviez faire avec ce comédien anglais ? demanda Paule qui avait de la mémoire.

— Normalement, nous aurions dû commencer la semaine dernière, mais après ce qui m'est arrivé... J'imagine que tout a été retardé ou que Philippe et mon imprésario ont réussi à faire annuler mon contrat ou à le reporter sur un autre film. C'était une superproduction en costumes du style *Les amants de Salzbourg*, un truc que j'ai déjà tourné cent fois ! (Delphine conclut avec humour :) Je crois bien que c'est aussi la perspective de devoir jouer dans cette somptueuse ânerie qui m'a fait avaler trop de barbituriques !

Le soir, assise devant le poste de télévision, Delphine commentait les apparitions de quelques grands noms du cinéma qui avaient été ses partenaires. Elle avait la dent dure. Filmé au Festival du Jeune Cinéma de Hyères, Frédéric Valmon n'échappa pas au massacre :

— Lui au Jeune Cinéma, c'est le monde à l'envers ! Regardez ses cheveux... Vous ne remarquez rien ? Il porte une petite moumoute sur le devant du crâne... Il est beaucoup mieux sans, d'ailleurs, poursuivit Delphine d'une voix moins railleuse, mais il a peur que ses admiratrices n'aiment pas les chauves !

Sur le petit écran, Paule voyait un homme au visage marqué, l'œil sombre et la bouche mince. L'air cruel.

— Il me manque... dit encore Delphine, comme si Paule lui avait posé une question.

Fort heureusement, Frédéric Valmon avait déjà disparu, remplacé par le générique d'une émission très populaire : *Eh bien, chantez maintenant !*

— Ah ! non, pas ça ! s'exclama Delphine. Qu'y a-t-il sur les autres chaînes ?

Un film de guerre sur la deux. Et sur la troisième, un débat sur la protection de la nature.

— J'aime encore mieux les variétés, décida Delphine avec un soupir.

Obéissante, Paule manipula de nouveau les boutons du poste.

— Oh, la belle petite chose ! dit la vedette.

Très jeune — vingt ou vingt-deux ans — une toison brune et bouclée, vêtu d'un jean clair et d'un polo blanc, un jeune chanteur interprétait d'une voix grave et frémissante l'une de ses compositions : *Je me demande ce que je fous là !*

Delphine l'écouta en silence, ce qui lui arrivait rarement. Après la chanson, tonnerre d'applaudissements dans le public. Manifestation sincère ou claque bien orchestrée ?

Le jeune homme saluait gauchement...

— Encore une petite folle ! dit Delphine avec un rien de mépris. Peut-être pas, après tout, ajouta-t-elle, songeuse. Comment s'appelle-t-il ?

L'animateur de l'émission, un quinquagénaire du style camelot et fort content de lui, répondit :

— *C'était Hervé Dalin, notre débutant de la semaine... et maintenant, la grande dame de la chanson...*

— Hervé Dalin, répéta Delphine. Il peut faire une carrière, il est différent des autres...

Elle regarda la suite du programme d'un air maussade, ne ménageant pas ses critiques, mais s'attendrit au final qui était un hommage à Charles Trenet. Tous les participants à l'émission — dont Hervé Dalin — revinrent sur scène afin d'interpréter *La mer* en chœur.

— Il est vraiment mignon, murmura Delphine.

Paule ne la quittait pas des yeux. « Voilà un garçon qui pourrait lui faire oublier Frédéric Valmon... à condition qu'il aime les dames, bien entendu ! »

Ce qui réconfortait Paule, c'était qu'avec une vedette aussi célèbre que Delphine Farnel, tout devenait possible.

« Hervé Dalin, un nom à retenir... Dans dix jours, nous serons à Paris et j'aurai beaucoup à faire... »

L'émission terminée, les deux femmes montèrent à l'étage. Delphine ne cessait de jacasser, évoquant sa carrière, les films qu'elle préférait, ceux dont elle gardait un mauvais souvenir... Paule donnait tous les signes d'un profond intérêt alors qu'elle n'écoutait que d'une oreille distraite.

« C'est curieux, Delphine ne s'intéresse absolument pas à moi, se disait-elle sans aigreur. Il est vrai que, comparée à la sienne, mon existence n'est pas spécialement passionnante, mais elle pourrait tout de même faire semblant... »

Ce minuscule espoir fut déçu.

En revanche, Delphine se préoccupait du physique de Paule, de sa façon de s'habiller.

— Vous portez des robes trop sévères, je vais vous transformer, cela va beaucoup m'amuser...

« Elle parle de moi comme si j'étais un petit chien... »

— Nous irons chez les grands couturiers... Sarah Poldi et Tony Marcus me font des prix... et puis, il faudra changer de coiffure... la raie au milieu... ou peut-être un chignon très bas... Donnez-moi une brosse et un peigne. Vite, Paule !

« J'étais chien, me voilà poupée, une vieille poupée ! »

— Paule, quel âge avez-vous ?

— Quarante-huit ans.

— Ah bon ?

— Cela signifie-t-il « Tant que ça ? » ou « Vous ne les paraissez pas » ?

— Je ne sais pas, avoua Delphine. Tout ce que je peux vous dire, c'est que je n'imagine pas du tout qu'un jour je puisse avoir quarante-huit ans ! Paule, vous n'êtes pas belle mais vous avez un physique, une « gueule » comme on dit, et ce n'est

pas du tout péjoratif! Il faut l'exploiter. Vos sourcils, par exemple, ils sont mal dessinés, je vais
vous épiler... Mais vous avez des cheveux blancs?

— Quelques-uns, oui.

— Supprimés! dit la jeune femme en isolant un
cheveu pâle avant de tirer dessus.

Les deux femmes avaient finalement abordé la
question financière. Et, très vite, Paule s'était
rendu compte que Delphine n'était pas du genre à
jeter l'argent par les fenêtres. Elle avait accepté
un salaire de 3 500 francs par mois, se réservant le
droit de réclamer une augmentation substantielle
dès qu'elle aurait résolu les problèmes de sa jeune
patronne. La grande star inaccessible se révélait
être une petite-bourgeoise plus qu'économe; c'était
presque comique.

« Je comprends qu'être la proie d'un maître
chanteur puisse la démoraliser! »

Paule avait obtenu 2 000 francs pour la location
de la maison — « N'est-ce pas un peu cher pour
un trou comme Châtignes? » — ce qui lui laissait
tout de même un petit bénéfice.

Un matin, les premiers mots de Delphine
furent :

— Quand rentrons-nous à Paris?

Le dernier jour, elle se maquilla et se coiffa
soigneusement puis alla faire des emplettes. Elle
n'avait besoin de rien de particulier mais voulait
s'amuser de la stupéfaction des commerçants qui
la reconnaîtraient.

Paule, qui naturellement l'accompagnait, se
divertit davantage car, à part quelques fronce-
ments de sourcils, quelques regards désapproba-
teurs, l'apparition de Delphine ne suscita aucune
manifestation spéciale.

En regagnant la maison, un peu pincée, Delphine dit enfin :

— C'est une excellente leçon d'humilité...

Paule répondit par un rire auquel celui de la vedette fit bientôt écho.

— Quel bide! conclut-elle, sa bonne humeur retrouvée.

Delphine et Paule reprirent la route un dimanche soir. A cinquante kilomètres de Paris, Paule s'arrêta pour prendre de l'essence.

Un jeune pompiste aperçut Delphine et, subjugué, se mit à bafouiller :

— Del... Del... Delphine Farnel!

Tout en lui donnant un autographe, la vedette chuchota à Paule :

— Je revis!

C'était doublement vrai.

4

En quarante-huit heures, Paule avait fait place nette, rue Vineuse; elle n'en avait pas espéré tant.

Ce dimanche soir, rentrées à Paris sans avoir prévenu personne, Delphine et Paule découvrirent Arlette, la jeune femme de chambre, dans la baignoire de la vedette en compagnie d'un garçon de son âge. Delphine se serait peut-être laissé attendrir par les larmes de sa domestique mais Paule prit la direction des opérations. Pour elle, l'occasion était trop belle.

— Voyons, Delphine, cette fille ne peut pas rester à votre service; sa conduite est inqualifiable.

Sans compter que le ménage n'a pas pas été fait depuis des semaines...

Un chèque d'un montant confortable mit donc fin aux exploits de la jeune Arlette, à qui Paule conseilla impérativement de partir le soir même.

Paule visita ensuite les huit pièces du duplex prolongé d'une immense terrasse qui donnait sur le palais de Chaillot et s'installa dans la chambre d'ami, au septième étage. Elle n'était pas couchée depuis une demi-heure que Delphine faisait irruption.

— Impossible de fermer l'œil, je n'ai plus l'habitude d'être seule la nuit.

Paule campa sur un divan, dans la chambre de la vedette dont le sommeil fut assez agité. Vers 3 heures du matin, Paule dut aller lui faire une infusion.

La chambre de Philippe Farnel — au septième également, alors que celle de Delphine était au huitième et dernier étage de l'immeuble — resta vide.

Le jeune homme ne fit son apparition que le lendemain, vers midi.

— Ma chérie, tu es là ! Tu aurais pu me téléphoner...

Des baisers pour sa sœur, une rapide poignée de main pour Paule.

— Tu as l'air en forme... et en beauté.

Tout en jouant avec son bracelet d'origine africaine, piqué d'une grosse pierre verte en son milieu, Philippe annonça les nouvelles :

— Je me suis débrouillé comme un chef avec les frères Hermann...

— Ce sont mes producteurs, expliqua Delphine à l'intention de Paule.

— Ils font le film sans toi.

— Par qui suis-je remplacée?

— Isabelle Moreuil.

— Elle est en train de grimper, cette petite salope! dit Delphine d'un ton aigre.

— Il faut savoir ce que tu veux! Le film ne t'intéressait pas...

— Et mon contrat?

— Reporté sur un autre sujet à choisir avec les Hermann's brothers. Le *Montparno* te propose une pièce; je l'ai lue et je crois que...

— Pas de théâtre, coupa Delphine. Pas encore.

— Tout le courrier est sur le secrétaire; il y a pas mal de factures...

Petite grimace de Delphine.

— ... Je n'ai rien réglé, je n'ai plus un sou, poursuivit Philippe d'un ton plein d'espoir.

Mais Delphine ne réagit pas. Il soupira avant de reprendre :

— Des centaines de coups de fil, tu t'en doutes... dont plusieurs assez mystérieux d'un type à l'accent étranger, italien, je pense... Il n'a jamais voulu dire son nom...

Les deux femmes échangèrent un regard; regard que surprit Philippe.

— Un nouveau jules? demanda-t-il.

— Non.

— En tout cas, il rappellera.

Philippe enchaîna après un bref instant d'hésitation :

— Valmon aussi s'est manifesté...

Delphine pâlit légèrement.

— Je te donne le détail ou j'en reste là? lança Philippe.

— Continue...

— Il m'a fait comprendre qu'il regrettait beaucoup ce qui s'était passé entre vous et que...

— Il doit être en chômage! dit Delphine, grinçante.

Paule estima qu'il était temps, pour elle, d'intervenir :

— Nous avons lu tous les scénarios...

— Vraiment? répliqua Philippe avec une certaine insolence, comme s'il était persuadé que Paule était la dernière personne au monde susceptible de porter un jugement valable sur ce genre de littérature.

— *Chambre à part*! annonça Delphine. Formidable. Je veux le faire.

Philippe ne parut pas partager l'enthousiasme de sa sœur :

— Pourtant, dans mon souvenir, c'était plutôt...

— Je le ferai! coupa Delphine.

— Mais tu as bouffé du lion, ma grosse mère!

— Cela devrait vous faire plaisir! dit Paule.

Le jeune homme ricana :

— Je suis ravi, assura-t-il d'une voix pointue. Il y a un mois, je vous ai confié Cosette, et je retrouve Hitler!

Tirant nerveusement sur les zips de son ensemble peau de pêche, Philippe tourna les talons.

— Quel con! dit Delphine avec bonne humeur.

L'après-midi, les deux femmes se rendirent chez Sarah Poldi, une vieille femme aussi méchante que géniale.

— Le suicide vous va bien! dit-elle à Delphine.

— Merci, Sarah. Je vous serais reconnaissante de vous occuper de mon amie Paule...

— Je dois habiller « ça »? rugit la célèbre couturière en pointant sur Paule un index crochu.

Ulcérée, Paule s'apprêtait à mordre mais, d'un battement de cils, Delphine l'exhorta au calme et au silence.

— Il lui faut quatre robes, dont une pour le soir, deux manteaux... aux conditions habituelles et le plus rapidement possible.

— Delphine, vous êtes une petite emmerdeuse, décréta Sarah Poldi, tout en faisant tourner Paule sur elle-même avec des gestes brutaux.

La présence de la vedette dans les salons se répandit à toute vitesse et, à la sortie, Delphine et Paule affrontèrent les flashes des photographes.

— Et voilà ! On ne m'aura pas laissé vivre en paix très longtemps ! gémit Delphine d'un ton dramatique.

Mais, déjà, elle prenait la pose — le menton très haut — et, du bout de sa langue, mouillait ses lèvres afin de leur donner plus d'éclat.

Les photos parurent le lendemain dans *Le Temps de Paris* sous le titre : *La résurrection de Delphine Farnel* et avec cette légende : *Accompagnée d'une amie, la vedette est allée choisir des robes chez Sarah Poldi.*

— Je parie que c'est la première fois que vous « faites la une » d'un grand quotidien, dit Delphine à Paule après avoir vu les clichés. Vous garderez précieusement l'article, non ?

Une sonnerie empêcha Paule de répondre. Depuis la veille, les appels se succédaient à la cadence d'un toutes les trois minutes. Cette fois encore, Paule décrocha, prête à prendre un message.

— Oui, Mlle Farnel est à Paris. C'est de la part de qui ?

— Dites-lui simplement Fabio, elle comprendra, répliqua une voix mâle à l'accent chantant.

« Fabio... déjà ! » se dit Paule.

— Ne quittez pas, poursuivit-elle dans l'appareil qu'elle plaça bientôt contre sa poitrine pour annoncer : Delphine, c'est votre petit maître chanteur...

— Il a lu le journal, lui aussi ! murmura la vedette en se tordant les mains.

— Vous devez lui parler...

— Non !

— Si. Souvenéz-vous de ce que nous sommes convenues. Un peu de courage, que diable !

Paule tendit le combiné à Delphine qui s'éclaircit la gorge :

— Allô... oui, c'est moi... Venez dans une heure, je m'arrangerai pour être seule.

Elle raccrocha et demanda :

— Vous croyez vraiment que ça va marcher ?

— Bien sûr. Dès qu'il sera là, vous lui proposerez une grosse somme en échange des négatifs...

— Et s'il refuse de me les apporter ?

— Pas un sou !

— Il insistera, il me menacera...

— Je serai à proximité, vous n'avez rien à craindre. Soyez ferme, ironique... et ne me dites pas que c'est impossible, après tout, vous êtes comédienne, non ? Bref, vous lui fixerez un nouveau rendez-vous pour demain à la même heure. D'ici là, j'aurai le temps d'engager deux détectives privés qui se feront passer pour des policiers auprès de votre persécuteur et qui récupéreront les négatifs sans aucune difficulté, je vous le promets !

L'Italien fut exact. En apercevant Paule derrière

la porte, il eut un mouvement de recul. Mais Paule souriait aimablement :

— Vous désirez, monsieur ?

— Je suis attendu par Mlle Farnel, je m'appelle Fabio.

— Entrez, je vous en prie, je vais prévenir Mademoiselle.

Il entra. Grand, barbu, bronzé, botté de cuir, il roulait les épaules et ses yeux très clairs défiaient tous ceux qu'il dévisageait. Sur sa tunique de coton, il portait un boléro à franges et des colliers imbriqués dans des chaînes. Des bagues exotiques ornaient ses doigts aux ongles rongés. Bracelet d'argent au poignet droit, bracelet de cuir au poignet gauche.

Paule conduisit le garçon dans le grand salon où les meubles rustiques voisinaient avec les dernières créations *design*. Elle sortit. Quelques instants plus tard, Delphine rejoignit le garçon mais, avant de refermer la porte, elle lança à la cantonade :

— Paule, vous pouvez disposer de votre après-midi et de votre soirée, je n'ai plus besoin de vous.

En réalité, Paule était à l'affût derrière la seconde porte du salon, laissée à dessein entrouverte.

Les bras croisés, Delphine s'avançait vers Fabio à demi étendu, jambes écartées, sur un siège informe.

— Vous ne perdez pas de temps, lui dit-elle. Je vous annonce tout de suite que je n'ai pas d'argent.

— Vous déconnez ou quoi ? demanda Fabio, l'œil mauvais.

— ... pas d'argent ici ! D'autre part, sachez que

je ne suis nullement disposée à vous entretenir toute ma vie...

Bien qu'il s'efforçât de le dissimuler, l'Italien était impressionné par l'attitude désinvolte de Delphine Farnel. Où était la jeune femme sanglotante, pitoyable, qu'il avait rencontrée un mois et demi plus tôt ?

« ... mais comme il me déplairait, malgré tout, de voir publier les photos qui sont en votre possession ou de les savoir en d'autres mains que les vôtres, je vous propose de vous racheter les négatifs. Tous. En une seule fois. 50 000 francs.

— 200 000 ! dit aussitôt Fabio.

De sa cachette, Paule ne perdait pas un détail de la scène, regrettant tout de même que le jeune homme lui tournât le dos.

« Merveilleux, il ne refuse pas... »

Soudain, les sourcils de Paule se froncèrent. Etait-elle en train de délirer ? Ses yeux ne lui jouaient-ils pas un tour ?

« Si seulement cet animal pouvait encore bouger les bras... »

Ecroulé sur son siège, Fabio, justement, s'agitait et, comme tous les Italiens, parlait en gesticulant.

« Ce serait drôle si... » pensait Paule, laissant courir son imagination. Elle en oubliait de prêter attention aux échos du marchandage qui lui parvenaient très distinctement.

— 150 000, disait Fabio.

— 100 000 et pas un sou de plus, disait Delphine.

Désertant son poste d'observation, Paule courut enfiler son manteau noir, puis elle griffonna quelques mots sur une feuille de papier.

Des circonstances imprévues m'obligent à modifier mon plan. Rassurez-vous, tout va pour le mieux. Attendez-moi sagement. Paule.

Après avoir placé la feuille de papier bien en évidence sur la coiffeuse de Delphine, Paule quitta brusquement l'appartement.

« Je n'ai pas le temps d'aller chercher la voiture au sous-sol, calcula-t-elle dans l'ascenseur. Ce Fabio peut déguerpir d'un moment à l'autre... »

Une fois dans la rue, Paule arrêta un taxi et y grimpa.

— Quelle adresse ?

— Je ne sais pas encore.

— Hein ? fit le chauffeur, tout prêt à grogner.

— Attendez ici. L'important, c'est que votre compteur tourne, non ? répliqua Paule d'un ton cinglant.

Vexé, le chauffeur resta coi.

« Fabio a-t-il une voiture ? Une moto ? Prendra-t-il un taxi ? Tout ce qu'il veut sauf le métro ! Il doit avoir horreur du métro », se dit-elle pour se rassurer.

— Préparez-vous à démarrer ! ordonna-t-elle brusquement au chauffeur qui sursauta.

Fabio venait de sortir de l'immeuble et remontait la rue Vineuse. Alors, voiture, moto, taxi ?

« Pas le métro, pas le métro ! »

Ce fut la moto. Un engin tassé, étincelant, pourvu d'un guidon démesurément haut, extravagant.

— Suivez cette moto ! dit Paule comme, faisant corps avec sa machine, l'Italien passait à côté du taxi.

— Pas commode ; ces saloperies-là se faufilent partout, maugréa l'homme.

— Il y aura un gros pourboire pour vous...

— On dit toujours ça avant !

Paule piqua un billet de cent francs dans son sac et le remit au chauffeur.

Galvanisé, l'homme promit :

— Je vais faire le maxi !

Et il le fit, allant même jusqu'à brûler un feu rouge. La poursuite s'acheva rue Dombasle, dans le XV° arrondissement.

Tandis que l'Italien abandonnait sa moto sur le bord du trottoir, Paule mit pied à terre.

— La balade m'a rajeuni, j'aurais bien continué, avouait le chauffeur, tout fier de lui.

Seul le claquement d'une portière lui répondit.

Fabio s'engouffrait maintenant sous un porche. Paule se précipita derrière lui.

« Et s'il n'habitait pas ici ? Si cette maison était celle d'un ami, d'un parent ? » se disait-elle, préoccupée.

Une feuille de carton, fixée au mur par quatre punaises rouillées, mit fin à ses inquiétudes. C'était la liste des locataires. Paule lut, tout en bas : *6° étage, droite : M. Fabio Orsini.*

« Pas d'ascenseur ! »

Elle attaqua le vieil escalier en douceur. Il n'était pas question d'arriver hors d'haleine chez le jeune Italien; hors d'haleine, donc diminuée, vulnérable.

« La chance sera-t-elle encore avec moi ? Depuis le jour où j'ai sauvé Delphine, elle ne m'a pas quittée... »

6° étage, droite...

Paule s'immobilisa devant une porte violette et tendit l'oreille : des rires, couverts par instants par les trémolos d'une chanteuse d'opéra.

De son poing fermé, Paule martela le battant. Pas de réponse. Elle frappa plus fort.

— Qui est là ? cria une voix qui était celle de Fabio.

— La concierge, répliqua Paule à tout hasard.

La porte s'ouvrit bientôt, démasquant un Fabio stupéfait. Paule en profita pour se glisser dans un minuscule vestibule.

— Foutez le camp ! ordonna l'Italien, mais sans grande conviction.

Paule était déjà dans la chambre. Murs blanchis à la chaux, posters, coussins, un lit très bas et, allongé sur ce lit, drapé dans un long peignoir de bain bleu : Philippe Farnel. Philippe, au visage écarlate et au regard haineux.

— Je suis venue chercher les négatifs, annonça Paule d'un ton neutre.

D'autorité, elle arrêta l'électrophone. On entendit un crissement.

— Vous avez rayé le disque ! cria Philippe, fou de rage.

— Je suis désolée, répliqua Paule, ironique.

Philippe poussa un soupir excédé et demanda :

— Comment avez-vous deviné ?

Paule se retourna vers Fabio qui était resté adossé contre le chambranle de la porte et lui arracha son bracelet d'argent, orné d'une pierre verte.

— Vous le portiez hier matin, dit-elle à Philippe en jetant le bijou sur le lit.

— C'est un bracelet qui doit exister à des centaines d'exemplaires...

— Je ne vous dis pas le contraire... mais je ne crois pas aux coïncidences ! Je suppose que vous faisiez chanter votre sœur parce qu'elle ne vous donnait de l'argent qu'avec un compte-gouttes ?

Philippe eut un sourire narquois :

— Je vois que vous la connaissez bien ! C'est tout à fait exact ! Quels sont vos projets ?

— Me taire si vous me rendez les négatifs.

— ... Pour faire chanter Delphine à votre tour ?

— Non, monsieur Farnel ; votre sœur me paie bien.

— Vous avez de la chance ! Et si nous refusons votre proposition ?

— La brouille avec votre sœur... plus que la brouille, une rupture définitive. Et quelques petits ennuis avec la police...

— Le scandale éclatera...

— Pas sûr... mais ce qui est certain c'est que, grâce à mon témoignage, M. Fabio se retrouvera derrière des grilles ! Vous, vous vous en tirerez peut-être... Monsieur Farnel, je ne bluffe pas et si vous ne m'obéissez pas, je vais de ce pas au commissariat le plus proche. Libre à vous de me suivre pour vous en assurer.

— Elle est assez folle pour le faire ! glapit Philippe à l'intention de Fabio. Donne-lui les négatifs.

Un moment plus tard, après en avoir vérifié le contenu, Paule glissa une enveloppe dans la poche de son manteau.

— Je peux compter sur vous ? reprit Philippe. Vous ne direz rien à Delphine ?

— Je n'ai qu'une parole, assura Paule. Votre sœur sort à peine d'un cauchemar. (Philippe leva les yeux au ciel.) Elle supporterait très mal votre trahison.

— C'est à l'hôtel *Crichton* qu'on vous a appris à parler comme ça ? lança Philippe d'un ton goguenard.

Paule ignora la question :

— Bonsoir, messieurs... et, à l'avenir, évitez de vous emprunter vos bijoux !

On ne la raccompagna pas mais, comme elle ne l'avait pas espéré, elle ne fut pas déçue. Elle redescendit les six étages d'un cœur léger.

« Il vaut toujours mieux s'arranger en famille ! »

Après un coup d'œil à sa montre, Paule prit un nouveau taxi et donna au chauffeur l'adresse de *Châtelet-Retouches.*

— Paule ! s'écria Gilberte Monestier, les yeux hors de la tête.

Elles s'embrassèrent, ce qui ne leur arrivait qu'une fois l'an, le 1er janvier.

— Que devenez-vous ? J'étais très inquiète...

— Vous n'avez pas lu *Le Temps de Paris,* aujourd'hui ? demanda Paule.

— Non, pourquoi ?

— Bref, je suis toujours chez Delphine Farnel... et je m'habille chez Sarah Poldi ! lâcha Paule, regrettant déjà cet aveu.

— Je ne vois que votre vieux manteau noir, dit Gilberte en appuyant sur le mot « vieux ».

— ... Sans doute pour la dernière fois. Gilberte, j'ai beaucoup pensé à vous. Voulez-vous entrer au service de Delphine Farnel ?

— Moi ? dit l'autre, suffoquée.

— Je sais que vous êtes une cuisinière extraordinaire. Vous vous chargeriez donc de la cuisine, du ménage... J'ai besoin de quelqu'un comme vous, en qui je puisse avoir une confiance totale, ajouta Paule d'un ton supérieur. J'espère que vous ne seriez pas vexée d'être sous mes ordres ?

— Oh ! Paule, ce serait, ce serait...

Joignant ses mains usées par les travaux d'aiguille, la retoucheuse ne trouvait pas l'adjectif
adéquat.

— ... féerique? proposa Paule. Je vous laisse
toute la nuit pour réfléchir. Téléphonez-moi votre
réponse demain matin vers 11 heures...

Paule traça quelques chiffres sur un bout de
papier.

— Mais vous êtes certaine que Mlle Farnel
serait d'accord?

— Delphine fait tout ce que je veux. Bonsoir,
ma chère Gilberte.

— Mon Dieu! gémit Gilberte. Mon Dieu, mon
Dieu...

Dans le taxi qui la ramenait rue Vineuse, Paule
se souvint d'une phrase de Philippe Farnel : « Vous
allez faire chanter Delphine à votre tour? »
Cette pensée ne lui était pas venue, pas encore.
Mais, à la réflexion, le projet ne la tentait pas. Si
elle décidait de se servir des négatifs comme
moyen de pression, qu'obtiendrait-elle? Quelques
milliers de francs, et avec beaucoup de difficulté,
car la vedette était avare. Et elle perdrait à jamais
tout ce qu'une Delphine éperdue de reconnaissance pouvait lui apporter et qu'il était impossible
de chiffrer : une existence agréable, mouvementée,
des voyages, une certaine popularité, des amis
célèbres et la certitude de faire partie du petit
groupe des privilégiés : ceux que l'on invite aux
projections privées, aux cocktails, aux « géné-
rales » de théâtre...

« D'accord, Sarah Poldi est une vieille garce
mal embouchée mais c'est Sarah Poldi! »

Tout au fond de son sac, Paule avait dissimulé

la photo publiée par *Le Temps de Paris* mais elle ne consentirait jamais à l'avouer.

A peine Paule était-elle entrée dans l'appartement que de violents éclats de voix l'attirèrent vers la chambre de Delphine.

« Philippe, déjà? Non, impossible... »

— Je ne te crois pas, criait Delphine, je ne te croirai plus jamais!

— Ne sois pas stupide, tu sais très bien que c'est un métier où l'on ne fait pas ce qu'on veut. Si je ne suis pas venu ce mardi-là, c'est que nous tournions en extérieurs...

Une voix d'homme, un peu nasillarde.

« Frédéric Valmon? »

— Laisse-moi, ne me touche pas, disait Delphine.

Paule devina que la jeune femme était au bord de la crise de nerfs. Elle poussa la porte, souriante, comme si elle n'avait rien entendu.

— Delphine, je... oh! pardon, continua-t-elle, jouant la confusion devant un homme qu'elle avait déjà vu au cinéma et, plus récemment, à la télévision.

Blazer marine, col roulé blanc, mince, élégant, mais moins grand qu'elle ne se l'était imaginé : Frédéric Valmon. Vingt-cinq ans de carrière. L'acteur tentait de ressembler aux derniers personnages qu'il avait incarnés à l'écran : le séducteur fatigué, désabusé, whisky-déprime, ironie-tendresse... mais son véritable caractère qui était coléreux, exigeant, détruisait souvent son image de marque.

— Paule, je vous présente Frédéric Valmon... Frédéric, voici Paule, ma secrétaire et mon amie.

— Mais c'est elle qui...

Frédéric n'acheva pas sa phrase et se maudit de n'avoir pas su tenir sa langue.

— Exactement! répliqua Delphine, tendue. C'est elle qui m'a empêchée de mourir. Et figure-toi qu'elle n'a pas du tout envie de recommencer.

— Voyons, voyons, Delphine, il n'en est pas question! lança Paule sur le ton de la plaisanterie. D'autant plus que tout est arrangé... J'ai récupéré vos photos!

— Mes photos? Quelles photos? répéta Delphine sans comprendre, toute à la scène qui l'opposait à son amant.

Soudain, la mémoire lui revint et son visage s'éclaira :

— Les photos? Vous voulez dire... les négatifs?

— Les négatifs, dit Paule.

Delphine fondit en larmes et se réfugia dans les bras de son amie :

— Oh! Paule, Paule, je ne sais pas ce que je deviendrais sans vous... Comment avez-vous fait?

— Je vous raconterai cela plus tard; vous avez sans doute à parler avec M. Valmon.

— C'est vrai, dit Frédéric Valmon qui souffrait de ne pas être au courant des événements.

Mais Delphine protesta :

— Absolument pas. Vous êtes arrivée à temps.

— Delphine, je t'en prie, tu ne vas pas mêler une étrangère à nos... à nos problèmes.

— Paule n'est pas une étrangère...

— Tu m'excuseras, mais pour moi, si!

Depuis un moment, Paule cherchait un moyen de se débarrasser de l'acteur. Elle crut l'avoir trouvé.

— Monsieur Valmon! s'exclama-t-elle, mimant l'effarement.

— Quoi ? dit l'homme, étonné.

— Vos cheveux ! répliqua Paule en désignant du doigt le front de son interlocuteur.

Affolé, Frédéric Valmon se précipita vers le miroir de la coiffeuse. Il n'y vit rien d'anormal et comprit immédiatement que Paule s'était moquée de lui. Il se sentait doublement humilié; d'abord, parce qu'il venait de se conduire d'une façon ridicule, et aussi, parce qu'il savait maintenant que Delphine avait confié à son amie qu'il portait un postiche.

En proie à une crise de fou rire presque hystérique, Delphine s'était laissé tomber sur le lit.

— Bien joué ! dit simplement Valmon à Paule avant de se diriger vers la porte.

Paule vint s'asseoir à côté de la jeune femme, hoquetante.

— Delphine, comme vous êtes excessive...

— Oh ! Paule, je n'oublierai jamais sa tête ! Il était défiguré...

Puis elle se redressa en gémissant :

— C'est vrai que vous êtes arrivée à temps ! Il était prêt à me faire l'amour... et, ma foi, j'avoue que j'en avais autant envie que lui, si ce n'est plus...

— Vous doutez de sa... sincérité !

— Oui ! Il est venu prendre des nouvelles de ma santé... et de ma carrière ! Il veut absolument retourner avec moi et comme je suis maintenant libre de choisir et mon sujet et mon partenaire... Tout ça est un peu sordide, n'empêche que je me le serais bien envoyé, voilà ! conclut Delphine en donnant une tape sur le couvre-lit en renard et loup.

Désireuse de distraire la vedette, Paule lui jeta une enveloppe sur les cuisses.

— Les négatifs... Paule, vous êtes formidable !

— Et je n'ai pas déboursé un centime, annonça Paule, sachant que Delphine serait sensible à cette précision.

— Ne me dites pas que vous avez assassiné Fabio...

— Il se porte comme un charme... ainsi que son complice.

— Il en avait donc un ?

— Et vous ne voyez pas qui ?

Delphine secoua la tête :

— Non.

— Un complice qui est probablement aussi son amant... Votre frère !

— Comment ?

Paule raconta en détail l'histoire du bracelet. Delphine n'en croyait pas ses oreilles :

— C'est donc Philippe qui me tyrannise, qui m'exploite depuis des mois... mais quelle ordure, quel salaud !

— Il avait besoin d'argent...

— Salaud, salaud, salaud ! répétait Delphine comme une litanie.

Elle se leva d'un bond et courut vers le couloir.

— Delphine, où allez-vous ?

Paule prit la même direction. Delphine était déjà à l'étage inférieur, dans la chambre de son frère. Brandissant une grande paire de ciseaux, elle ouvrit l'armoire anglaise dans laquelle Philippe rangeait — avec quel soin — les trésors de sa garde-robe.

Rassurée, Paule s'assit dans un coin de la pièce pour assister au spectacle.

Delphine coupait les manches de chemises, les manches de vestes, les jambes de pantalons. Elle lacérait les voiles, les cachemires, les jerseys, les fourrures...

Les cravates, les mouchoirs brodés, les pochettes, les foulards, les ceintures subirent le même sort. La jeune femme déchiquetait sans relâche, et les vêtements en lambeaux s'entassaient sur la moquette.

Epuisée, la sueur au front, la mèche dans l'œil, Delphine s'arrêta pour souffler un peu.

— Paule, dit-elle, brusquement, vous auriez pu garder les négatifs et reprendre le chantage à votre compte...

— Oui, j'aurais pu, répliqua Paule, très calmement.

5

Cependant que, sur la scène du Théâtre des Champs-Elysées, un groupe anglais se déchaînait, hurlant dans les micros, Paule faisait le bilan de ces trois derniers jours. Philippe Farnel était revenu, un matin, rue Vineuse. Horrifié, il s'était immobilisé sur le seuil de sa chambre et avait couru rejoindre Paule à la cuisine.

— Mes complets, mes chemises...

— Delphine!

— Vous lui avez tout raconté! Vous m'aviez pourtant donné votre parole...

— Oui, mais à ce moment-là, j'ignorais que Delphine, elle aussi, avait identifié le bracelet de votre ami Fabio comme étant le vôtre...

— Vous mentez !

— Allez le lui demander, elle vient juste de se réveiller. Mais, à votre place, je m'y risquerais pas.

— Vous êtes une belle salope ! avait alors crié Philippe, hors de lui. Si vous croyez que je n'ai pas compris ce que vous maniganciez ! Vous voulez garder Delphine pour vous toute seule afin de pouvoir lui dicter vos quatre volontés... Quelle revanche pour la misérable bonniche du *Crichton* !

— Tout cela est parfaitement exact, avait répliqué Paule. Mis à part que mon unique but est de rendre votre sœur heureuse... ce dont son entourage ne s'est jamais beaucoup soucié jusqu'à présent. De nous deux, « la belle salope », ce n'est certainement pas moi. Maintenant, filez, mon petit bonhomme... et faites-vous oublier. Si vous restez tranquille, j'obtiendrai peut-être votre pardon.

— Un jour, vous me paierez tout ça !

Les mains tremblantes, la gorge sèche, Gilberte Monestier était entrée au service de Delphine Farnel. Elle osait à peine élever la voix et marchait en étouffant le bruit de ses pas.

— Une souris, une très vieille souris ! avait dit la vedette avec une grimace.

— Ce n'est pas elle que nous retrouverons dans votre baignoire en mauvaise compagnie !

Et, devinant que la vedette aurait préféré une cameriste plus décorative, Paule avait ajouté :

— Il faut vous entourer d'éléments sûrs et je réponds de Gilberte comme de moi-même.

Paule avait enfin rencontré Reine Walder, l'imprésario de Delphine, une petite femme boulotte d'origine roumaine. S'étant très vite rendu compte que, pour Delphine, le jugement de Paule primait maintenant sur tous les autres, Reine Walder avait tenté de s'attirer ses bonnes grâces, mais sans succès.

— Delphine chérrie, tu dois fairre un grrand film pour ta rentrrée, quelque chose de spectaculairre, de fascinant...

— C'est précisément du contraire que j'ai envie, avait déclaré la vedette en remettant à son imprésario le manuscrit de *Chambre à part*. Lis ça le plus tôt possible et donne-moi ton avis.

Le soir-même, Reine Walder avait gémi au téléphone :

— Chérrie, c'est épouvantable, petite histoirre trristouillette, perrsonnages affrreusement quotidiens, horrible grrisaille, du caca...

— Je le tournerai quand même, j'en ai ma claque de jouer les princesses et les jeunes millionnaires mélancoliques ! Paule pense, elle aussi, que j'ai besoin de me renouveler.

Au bout du fil, Reine avait alors battu en retraite :

— Trrès bien, trrès bien, chérrie, ne hurrle pas, tu m'écorrches les oreilles ! Nous verrons ça plus tard... De toute façon, tu n'as pas encorre l'accorrd d'un prroducteur...

Et les choses en étaient restées là.

Sur la scène, les Anglais saluaient maintenant les spectateurs qui n'applaudissaient que mollement. Une chanteuse d'opéra leur succéda et attaqua bientôt *Sur la mer calmée*.

Delphine se pencha vers sa voisine :

— Je m'ennuie, tout ça est d'un sinistre...

— Patience, patience, chuchota Paule.

C'était Paule qui avait choisi le spectacle au cours duquel Delphine devait faire sa première apparition en public depuis sa tentative de suicide : un gala donné au Théâtre des Champs-Elysées au profit de l'enfance inadaptée. De grands noms du music-hall, du théâtre, de la danse et du bel canto y prêtaient gracieusement leur concours.

Delphine et Paule étaient arrivées ensemble, mobilisant instantanément l'attention de tous les photographes. Nouvelle coiffure pour la jeune vedette — entièrement remontés sur le dessus de la tête, ses cheveux blonds retombaient en une frange très fournie, très bombée — vêtue d'un ensemble du soir noir signé Sarah Poldi : veste longue sur pantalon. Large chaîne d'or et boa de plumes grises. Pour Paule : un fourreau en broderie de paillettes, orange, vertes et violettes.

Dans le hall du théâtre et dans la salle, Delphine avait serré des mains, embrassé des visages : acteurs, journalistes, metteurs en scène, écrivains à qui Paule fut présentée.

— Vladislas Borovitch! annonçait la présentatrice.

Des applaudissements nourris éclatèrent.

En regardant le colosse blond à la taille fine soulever une jeune brunette aux yeux agrandis par le maquillage, Paule souriait car elle pensait à José, le garçon d'étage de l'hôtel *Crichton*.

Delphine soupira bruyamment :

— J'ai horreur de la danse... Je trouve ces types grotesques avec leur coquille et leur collant! Paule, je ne comprendrai jamais pourquoi vous teniez tant à venir ici, ce soir...

Elle le comprit quelques instants plus tard quand la présentatrice reprit la parole :

— Et voici la révélation de l'année : Hervé Dalin !

— Petite cachottière ! fit la vedette en pinçant le bras de son amie.

Elle souriait à son tour. Boucles brunes en désordre, pantalon et polo blancs, Hervé Dalin chanta : *Je me demande ce que je fous là !*

« Et moi, je me demande si ce garçon a une autre chanson que celle-là à son répertoire ! » pensait Paule. Elle se tourna vers Delphine qui semblait être au comble du ravissement.

Avant le spectacle, tandis que Delphine répondait à l'interrogatoire en règle que lui faisait subir Coco Vignault, une échotière redoutée, Paule avait remis discrètement une lettre à l'un des hommes en smoking chargés de contrôler les invitations.

— A remettre d'urgence à M. Hervé Dalin, de la part de Mlle Delphine Farnel...

— Comptez sur moi, madame, avait répliqué l'homme, impressionné.

Et Paule avait pensé : « Delphine Farnel... le nom miracle, la formule magique, le sésame... »

A la fin de la chanson, Delphine cria son enthousiasme :

— Bravo... Bravo !

— Nous avons rendez-vous avec lui après la représentation, lui confia Paule.

— Non ? Comment avez-vous fait ?

— Je lui ai envoyé un mot en votre nom.

La jeune femme se troubla :

— Mais... que vais-je lui dire ?

— Vous êtes Delphine Farnel !

— Cela ne suffit pas toujours...

— Vous n'avez aucune imagination... Parlez-lui de n'importe quoi... de lui, il sera enchanté, de ses chansons, de son talent. De votre prochain film... Demandez-lui s'il compose pour le cinéma...

Deux heures plus tard au *Graffiti*, la boîte dans le vent, Delphine dansait joue contre joue avec Hervé Dalin.

— Dans la mesure du possible, évitez d'aller chez lui, avait conseillé Paule. Invitez-le plutôt à prendre un dernier verre rue Vineuse.

Paule rentra vite. Elle ne voulait pas se fatiguer inutilement.

Dans sa salle de bains, devant la glace, elle s'examina longuement, ne pouvant se décider à enlever son fourreau pailleté. Elle jouait avec son fume-cigarette et secouait légèrement la tête pour faire bouger ses mèches brunes séparées par une raie médiane.

— Quelle métamorphose! dit-elle à voix haute, substituant à son image celle d'une femme de chambre en blouse bleu clair, une femme de chambre qui lui ressemblait.

Non, ce n'était pas exactement une métamorphose car, pour elle, la véritable Paule Jeannet, c'était la Paule au fourreau pailleté.

Dans la cuisine, une tasse de thé à la main, Paule racontait en détail sa soirée de la veille à Gilberte, qui, la taille ceinte d'un tablier blanc, était en train de faire griller des toasts.

Delphine dormait encore. Paule avait vu son sac jeté sur un fauteuil et la savait donc rentrée; mais la vedette était-elle seule ou avec Hervé Dalin? Cela, Paule l'ignorait.

Elle poursuivait l'énumération des célébrités auxquelles elle avait été présentée.

— Quelle vie, quelle vie ! disait Gilberte, grisée.

— Bonjour !

Les deux femmes se retournèrent, surprises; elles n'avaient pas entendu arriver le jeune homme qui était pieds nus et seulement vêtu d'un slip-short à fleurs.

Gilberte était médusée; Paule, souriante et rassurée.

— Bonjour, dit-elle en écho. Delphine est-elle réveillée ?

— Tout juste.

— Que prenez-vous pour votre petit déjeuner ?

— Un café très fort et un jus d'orange.

— Gilberte va vous préparer ça.

— OK, merci, dit Hervé Dalin avant de s'en aller.

— Qui est-ce ? demanda Gilberte à mi-voix.

— Gilberte, faut-il vraiment vous faire un dessin ? Occupez-vous donc plutôt de vos toasts qui brûlent !

Trois semaines s'écoulèrent, rythmées par les mélodies d'Hervé et les roucoulades des deux amants. Delphine se proclamait la plus heureuse des femmes et ne lâchait pas la main du jeune homme à qui elle avait fait cadeau de la clé de son appartement.

Si ses œuvres étaient d'une inspiration plutôt révolutionnaire, le chanteur-compositeur respectait les traditions; Paule l'apprit un beau matin alors qu'elle se trouvait en tête-à-tête avec lui.

— Je veux épouser Delphine...

— Excellente idée, approuva Paule, mais peut-être un peu prématurée, non ?

— Pourquoi ?

— Vous aimez Delphine, parfait. Mais vous ignorez tout de Delphine Farnel, la vedette de cinéma. Pour le moment, elle est... disons en vacances. Votre vie à tous les deux sera très différente lorsqu'elle se remettra au travail. Croyez-moi, attendez avant de lui parler de votre projet...

Hervé n'attendit pas. Le soir, alors qu'elle brossait énergiquement les cheveux de la vedette ainsi qu'elle avait l'habitude de le faire, Paule recueillit ses confidences.

— Il désire m'épouser, il est fou, dit Delphine, rêveuse.

— Il est charmant...

— Je ne me suis encore jamais mariée, poursuivit la jeune femme du même ton qu'elle aurait eu pour révéler : « Je ne suis encore jamais allée en Turquie. » Valmon m'avait offert le mariage, lui aussi... mais sa troisième épouse refusait de divorcer. Quel taré, celui-là ! ajouta-t-elle avec une pointe de rancœur qui laissait clairement entendre qu'elle ne l'avait pas oublié et qu'elle le regrettait peut-être.

Delphine garda le silence pendant quelques minutes, reprise par le passé, puis elle soupira :

— Alors, Paule, vais-je devenir Mme Dalin ou non ?

— Il est bien jeune...

— Mais je fais beaucoup plus jeune que lui ! protesta la vedette.

Delphine n'avait ni le temps ni l'envie de prendre une décision maintenant car, une heure plus tard, elle allait applaudir Hervé à la Maison de la Culture de Bourg-la-Reine. Paule suivait, naturellement.

Gilberte Monestier découpait les articles consacrés au jeune couple et classait les photographies. Les journalistes de la presse du cœur exploitaient à fond l'événement : *Hervé a rendu à Delphine le goût de vivre! — Sauvée par l'amour! — Le merveilleux secret de la star-suicide*, et autres stupidités.

Un jour, Hervé annonça qu'il devait chanter au *Palm-Beach* de Cannes, le dimanche suivant.

— Si le temps est beau, on pourra peut-être se baigner, dit-il à Delphine.

— J'ai horreur de Cannes, déclara la vedette, boudeuse. Un de mes films, présenté au Festival il y a deux ans, a ramassé un bide effroyable. J'ai été sifflée, bousculée par la foule...

Paule, qui servait le café, intervint :

— D'ailleurs, nous ne pouvons pas y aller...

— Ah bon? fit Delphine, étonnée, tandis que le garçon se rembrunissait.

— Delphine, je ne vous ai jamais rien demandé, commença Paule. Et j'aurais très bien pu le faire après vous avoir obtenu gratuitement certains négatifs...

Rosissant, Delphine approuva d'un signe de tête.

— Qu'est-ce que c'est que cette histoire de négatifs? interrogea Hervé.

— Quelque chose qui ne te regarde pas! répliqua Delphine avec humeur.

« Tiens, tiens, ce ton est nouveau... pensa Paule. Et puis ce refus d'accompagner Hervé à Cannes... »

— J'ai très envie que nous réservions une chambre au *Crichton* pour le week-end, reprit-elle à haute voix.

— Quoi ?

— Oui, et précisément la chambre 108 ! Si vous êtes capable de supporter cette petite épreuve, c'est que vous êtes complètement guérie.

— Mais vous êtes dingue ? s'exclama Hervé, furieux. Et tout ça est d'un mauvais goût...

Le projet de Paule n'enthousiasmait pas Delphine outre mesure mais elle donna son accord pour ennuyer Hervé.

— Paule sait ce qu'elle fait, dit-elle, et je me suis toujours félicitée d'avoir suivi ses conseils.

Hervé fit aussitôt marche arrière, s'attirant ainsi le mépris de Delphine. Un homme digne de ce nom aurait tapé du poing sur la table et imposé sa volonté.

— Très bien, chérie, dit-il en embrassant la main de la vedette. Avez-vous retenu la chambre ?

— Pas encore, dit Paule.

Hervé attira le téléphone à lui et forma le numéro du *Crichton* sur le cadran :

— Allô, la réception ? Ne quittez pas...

Il passa le combiné à Paule et se consacra de nouveau à Delphine :

— A la fin de mon tour de chant, je louerai un avion-taxi, je serai là vers 2 heures du matin...

— Reste un jour ou deux si tu veux te baigner... Cela ne nous fera pas de mal d'être un peu séparés...

— Je ne peux pas vivre loin de toi, murmura le jeune homme.

— Allô, je voudrais parler à M. André Rivière, disait Paule dans l'appareil. De la part de Mlle Delphine Farnel...

Toujours le nom magique, le sésame...

— Allô, ici André Rivière, annonça une voix pleine de déférence.

— Monsieur Rivière, ici Paule Jeannet...

Un petit silence à l'autre bout du fil, puis :

— Que puis-je faire pour vous ?

— Réserver pour le prochain week-end la chambre 108 au nom de Mlle Farnel.

— Mais cette chambre...

— ... est libre ou va sans doute l'être incessamment, j'en suis certaine, coupa Paule. Vous seriez tout à fait aimable d'y installer un second lit.

— Comptez sur moi.

— Nous arriverons samedi dans l'après-midi. Je vous remercie, monsieur Rivière.

Paule raccrocha et quitta immédiatement la pièce, incapable de cacher sa joie; une joie qui ne devait pas avoir de témoin. Son triomphe était complet. Elle retournait au *Crichton* en qualité de cliente.

Delphine n'était pas sotte; elle devina la vérité mais, jugeant qu'elle devait beaucoup à Paule — et attendant encore énormément d'elle — la vedette se garda de critiquer son amie.

« Qu'elle savoure sa revanche en toute quiétude! »

Et Paule savoura. Elle apprécia la poignée de main d'André Rivière, venu accueillir les deux femmes dans le hall du palace et qui les accompagna jusqu'à la chambre 108. Elle apprécia la mine stupéfaite de Nadine Baillart, qu'il n'était cependant pas facile d'émouvoir. Paule la dérangea plusieurs fois.

— Je voudrais un oreiller supplémentaire...

— Vous seriez très aimable d'enlever ces fleurs, elles donnent la migraine à Mlle Farnel...

— Voudriez-vous changer les peignoirs de bain ? Mlle Farnel déteste le jaune...

Petite déception tout de même : José, le garçon d'étage, avait quitté l'hôtel, enlevé par un industriel allemand.

« On ne peut pas tout avoir ! » se dit-elle.

Les deux femmes dînèrent dans la chambre tout en regardant la télévision.

— Dire que c'est là que vous m'avez trouvée, dit soudain Delphine, les yeux sur la moquette.

— Je suis certaine que vous ne comprenez plus pourquoi vous avez voulu mourir...

— Détrompez-vous, Paule. La solitude, la peur... je n'ai rien oublié. Maintenant, je vous ai, continua la vedette en souriant à son amie.

Elles en vinrent très vite à parler d'Hervé Dalin.

— J'en ai assez, avoua Delphine.

— Déjà ?

— C'est que...

Delphine tenta de s'exprimer en termes voilés, n'y parvint pas et se moqua d'elle-même :

— Voilà que je fais des embarras avec vous à présent ! Hervé est bien gentil, bien mignon, mais ce n'est pas du tout une affaire au lit. Il manque certainement d'expérience... ou de vitamines ! conclut Delphine avec un fou rire.

Elle avait bu un peu trop de champagne.

— Les pressions de main, les regards mouillés et la romance à la guitare, ça ne remplace pas... un bon étalon, dit-elle encore.

— Vous allez rompre ?

— VOUS allez rompre, à ma place, répliqua Delphine. Moi, je ne sais pas.

— Il va s'accrocher...

— A vous de le décourager, de lui expliquer. Cela vous ennuie?

— Autant que je m'y mette tout de suite, dit Paule. Hervé ne sera probablement pas le dernier à qui j'aurai à signifier son congé...

— Et sans certificat! s'exclama la vedette en riant de plus belle. Sans aucun certificat!

Les deux femmes dormirent assez mal. Paule refusait de s'avouer que son séjour au *Crichton* commençait à lui peser. Comme il pesait à Delphine. Mais la jeune femme avait pris ses précautions : elle avait apporté le manuscrit de *Chambre à part,* manuscrit qu'elle couvrait d'annotations.

— Ce petit con d'Hervé m'a fait perdre quatre semaines, déclara-t-elle, d'une voix pleine de ressentiment.

— Vous êtes d'un cynisme! répliqua Paule. Vous avez pourtant été heureuse avec lui?

— Qui vous a dit ça? demanda Delphine, l'air innocent.

D'avoir évoqué la rupture était pour elle comme si elle avait déjà rompu.

— Je ne veux plus le revoir, ajouta-t-elle à l'intention de Paule, d'un ton presque menaçant.

Delphine avait ordonné au chanteur de rester à Cannes jusqu'au lundi.

— En revanche, il y a quelqu'un avec qui j'ai très envie de bavarder, c'est l'auteur de *Chambre à part,* poursuivit-elle. *Jean-Pierre Leblond, 11, rue Biot, 17ᵉ,* lut-elle sur la première page de la brochure. Pas de numéro de téléphone, malheureusement... Paule, ne pourrait-on pas envoyer quelqu'un chez lui?

Paule appela la réception, demanda et obtint qu'on dépêchât un groom rue Biot.

Vers 15 heures, Jean-Pierre Leblond faisait son entrée au *Crichton.* C'était un colosse de trente-cinq ans, d'une laideur sympathique, avec des cheveux longs et broussailleux, de grosses lunettes, un peu de ventre et une décontraction totale. Habillé à la diable — vieux costume de velours, pull taché et chaussettes dépareillées — il ne paraissait absolument pas surpris de se retrouver dans un palace en compagnie d'une star.

— Salut! dit-il en écrasant la main de Paule entre ses doigts velus.

Delphine lui fit part de son intérêt pour le scénario.

— Pas question de tourner ça sans moi, annonça Leblond. Je signe la réalisation ou je laisse tomber.

— Ah bon! répliqua Delphine, déconcertée.

Pour la jeune femme qui s'attendait à rencontrer un auteur inconnu et très ému d'avoir été distingué par l'étoile des étoiles et prêt à dire oui à tout, la chute était brutale.

— J'ai déjà fait six courts métrages. Maintenant, ras le bol! Un grand machin ou je me tire à la campagne. Vous avez un producteur?

— Pas encore.

— Avec votre nom, on devrait vite en dégoter un... mais ce sont tous des débiles et des escrocs!

Leblond évoqua la manière dont il comptait traiter son sujet, exposa sa conception de la mise en scène, s'excita en arpentant la pièce comme un ours en cage et vint donner des bourrades à Delphine quand elle tardait à répondre.

D'abord ahurie, puis subjuguée, Delphine souriait d'un air un peu stupide. Et quand Leblond, après lui avoir longuement expliqué pourquoi il l'avait choisie pour incarner l'héroïne de l'histoire, s'assit tout près de la vedette pour pouvoir lire le texte à haute voix, Paule disparut sur la pointe des pieds.

Elle descendit dans la salle à manger du rez-de-chaussée, complètement déserte, et commanda du thé et des pâtisseries auxquelles elle toucha à peine.

André Rivière, qui passait par là, s'aperçut trop tard de sa présence. Il ne tenait guère à affronter de nouveau son ancienne employée mais sa courtoisie naturelle l'incita à venir la saluer.

— Mlle Farnel est-elle satisfaite de son séjour parmi nous ?

— Tout à fait. C'est moi qui ai eu l'idée de cette petite épreuve... un exorcisme, en quelque sorte.

— Hum, hum, fit Rivière qui, visiblement, n'était pas dupe.

— Delphine m'est très attachée, précisa Paule avec un certain agacement.

— Hum, hum, répéta-t-il en la fixant de ses yeux bleus.

Devant le sous-directeur du *Crichton*, Paule se sentait furieuse et humiliée, ainsi qu'elle l'avait toujours été en sa présence. Elle en était doublement révoltée. N'était-elle pas aujourd'hui une cliente, au même titre que les autres ? Pourquoi cet imbécile s'obstinait-il à ne la considérer que comme une domestique... ou une voleuse ?

— Comment se porte Mme de Tellers ? demanda-t-elle sur un ton de défi.

— Elle se repose en Suisse. Nous l'attendons d'un jour à l'autre.

— Je ne me consolerai pas de l'avoir ratée...

— Elle non plus, très certainement !

Retenant un sourire ironique, André Rivière s'inclina légèrement avant de s'éloigner. Avec sa petite cuillère, Paule décapita une religieuse au café.

André Rivière venait de lui gâcher son week-end au *Crichton*, elle ne pouvait pas le lui pardonner.

Paule se fit apporter des magazines et des journaux; il fallait bien tuer le temps.

Assis non loin d'elle, un homme d'environ trente-cinq ans, élégance sobre, un chauve en puissance avec une moustache blonde et cigarette américaine, la regardait du coin de l'œil sans en avoir l'air.

« Il doit se demander où il m'a vue... »

Elle le dévisagea afin de lui faire baisser les yeux et, bizarrement, elle eut la sensation de l'avoir déjà vu, lui ! Mais où ? Etait-ce un habitué de l'hôtel qui avait utilisé ses services quand elle était femme de chambre et qui s'étonnait de la trouver là... ou alors un acteur aperçu dans un film ? Un ami de Delphine ?

Elle sut qu'elle n'éluciderait pas cette petite énigme à moins d'aller interroger l'inconnu — ce qui était hors de question — et, très agacée, décida de l'ignorer.

Une demi-heure plus tard, fatiguée et d'assez méchante humeur, elle remonta à la chambre 108.

« S'ils n'ont pas fini, tant pis pour eux ! »

Le lit était défait. Nue, le corps serré dans un drap, les cheveux en bataille, Delphine avait l'air très satisfaite.

— Jean-Pierre est dans la salle de bains, expliqua-t-elle. Il est extraordinaire.

— Vraiment ? dit Paule un peu sèchement.

— Je vous assure. Il me traite comme la première starlette venue; c'est invraisemblable ! Et il déteste cet endroit. Il veut que j'aille chez lui, rue Biot.

— Et vous y allez ?

— Oui. En fait, il ne m'a même pas demandé mon avis. Il m'a simplement dit : « On fout le camp ! »

— Et... sur un autre plan...

Et d'un geste large, Paule désigna le lit.

Delphine se renversa en arrière et, glissant ses doigts dans sa chevelure, elle écarta très lentement les mains... A l'écran, ce jeu de scène portait toujours sur le public.

— Fabuleux, murmura-t-elle. Absolument fabuleux !

La porte s'ouvrit avec fracas et Jean-Pierre Leblond fit sa réapparition en reboutonnant sa braguette.

— Ben alors, tu n'es pas encore habillée ? grogna-t-il.

Delphine lâcha aussitôt son drap et plongea sur ses sous-vêtements.

— Il faudra te couper les cheveux, dit encore Leblond.

— Quoi ? fit la jeune femme indignée.

— Dans mon histoire, la fille a les cheveux courts. Si tu ne veux pas te les couper, tu ne joueras pas le rôle.

Haussant les sourcils, Delphine prit Paule à témoin :

— Il est odieux ! soupira-t-elle, enchantée.

Jean-Pierre Leblond était déjà dans le couloir.

— C'est pour aujourd'hui ou pour demain ? cria-t-il.

— Je viens, répliqua Delphine qui se battait avec une fermeture à glissière. Paule, je ne rentrerai certainement pas avant demain soir. Débarrassez-moi d'Hervé d'ici là.

Elle sauta au cou de son amie et s'étonna de sa froideur :

— Vous êtes furieuse ?

— Non, dit Paule. Mais un peu déçue de vous voir partir si vite.

— Le *Crichton* est à vous, profitez-en !

— Delphine ! hurla Leblond.

— Voilà... Voilà !

La porte claqua derrière la jeune femme.

« C'est un oiseau, une petite fille folle, se dit Paule. Et une putain, oui ! »

Paule ne craignait pas Jean-Pierre Leblond. « Delphine se lassera de lui dès que le film sera fini... et sans doute bien avant ! »

Elle se sentait un peu cafardeuse. « Je ne vais tout de même pas regretter le temps où j'arpentais les couloirs de l'hôtel en blouse bleue ! »

Paule tenta de se remonter le moral en comparant son ancienne et sa nouvelle vie.

« Je suis heureuse... Enfin, je devrais l'être. Que puis-je désirer de plus ? »

Elle luttait contre l'envie de retourner rue Vineuse. « Non, ce serait me trahir moi-même. Ce week-end au *Crichton*, j'en ai rêvé pendant des années... Je ne peux pas l'écourter. Je reste, malgré les airs ironiques d'André Rivière, malgré la fuite de Delphine, malgré le cafard. Je reste ! »

Mais pas seule.

— Gilberte ? C'est Paule. Mettez votre robe des dimanches, sautez dans un taxi et venez dîner avec moi au *Crichton*... Quoi ?... Quel film ?

— Je veux regarder le film à la télévision, gémissait Gilberte à l'autre bout du fil.

— Eh bien, vous le verrez ici ! annonça Paule d'un ton sans réplique.

Elle s'en voulait de ne pas avoir quelqu'un d'autre à inviter, à éblouir.

« Mais patience, patience... »

Elle appuya sur un bouton. Bientôt, on frappa à la porte.

— Entrez, dit Paule.

Ce n'était pas Nadine Baillart, comme elle l'avait espéré — Nadine devait avoir terminé son service depuis longtemps — mais une femme sensiblement plus âgée que Paule, petite, les cheveux grisonnants et l'expression résignée. Elle portait une blouse bleue.

— Bonsoir, madame.

— Le lit ! ordonna Paule, d'un ton désagréable.

La femme se hâta vers le lit et tira sur les draps froissés par Delphine et Jean-Pierre Leblond tandis que Paule allumait une cigarette.

— Il y a longtemps que vous travaillez au *Crichton* ? demanda Paule au bout d'un moment.

— Non, madame. Un mois seulement. Et j'ai eu de la chance qu'on m'engage avec ce chômage... sans compter que, dans les grands hôtels, on préfère les jeunes...

Et Paule eut honte ; honte de jouer à la cliente devant cette femme qui était peut-être sa remplaçante.

— Vous ne désirez plus rien, madame ? s'enquit la femme d'une voix humble.

— Non, merci. Voilà pour vous...

Et Paule lui glissa cinq billets de cent francs. Une rougeur subite envahit les joues de la femme de chambre. Paule ne le supporta pas et baissa les yeux.

— Merci beaucoup, balbutia la femme. Je souhaite une bonne nuit à Madame.

Paule faillit répondre que sa nuit serait certainement encore plus mauvaise que la précédente mais elle se tut, craignant de voir s'attarder cette femme qui la mettait mal à l'aise.

6

Gilberte Monestier attendait Paule dans le vestibule :

— Enfin, vous voilà ! s'exclama-t-elle à mi-voix et les mains jointes. Je commençais à me faire du souci. M. Dalin est là-haut depuis plus d'une heure, poursuivit-elle en désignant le plafond. Il ne cesse de réclamer Mlle Farnel. Je lui ai dit que je ne savais rien, naturellement...

La veille, au *Crichton,* Paule avait mis Gilberte au courant des nouvelles amours de la vedette.

— Je monte, décida Paule en jetant son sac Hermès — un cadeau de Delphine — dans les bras de Gilberte.

— Pauvre garçon ! Comme il va souffrir ! Dire que...

Mais Paule était déjà dans l'escalier. Elle entra sans frapper dans la chambre de Delphine. Blouson en vinyl rouge, jean écossais, le jeune chanteur était assis sur le lit, l'air furibond. Paule remarqua qu'il avait pris un coup de soleil sur le nez.

— Où est-elle? cria Hervé, incapable de se contenir.

Paule déboutonna sa cape tête-de-nègre :

— Calmez-vous, sinon vous ne tirerez rien de moi.

— Elle n'a pas couché ici... ni au *Crichton*, j'ai téléphoné !

— Hervé... Vous devez vous être rendu compte que, depuis un certain temps, Delphine était moins tendre, moins patiente avec vous, plus irritable...

Le jeune homme protesta :

— Pas du tout.

— Vraiment ?

— Enfin, je pensais que... que... (l'énervement le faisait bégayer) qu'elle avait ses règles ou un truc comme ça... Qu'est-ce que vous essayez d'insinuer ? Il y a six jours, Delphine est venue m'applaudir au *Cheval d'argent*.

— Mais pourquoi a-t-elle refusé de vous accompagner à Cannes ?

— Elle en garde un souvenir affreux; elle nous a parlé de ce festival au cours duquel son film a été hué...

— Prétexte ! lâcha Paule.

Hervé baissa son petit visage triangulaire et Paule ne vit plus que ses boucles sombres. « Comme il est jeune et désarmé », pensa-t-elle, cependant résolue à ne pas se laisser attendrir.

— La vérité est qu'elle s'ennuie avec vous.

— Elle ? S'ennuyer avec moi ? répliqua-t-il sur un ton de plaisanterie.

Il n'en croyait pas un mot.

— Mais enfin, Paule, Delphine et moi, c'est super !

— Pour vous, je n'en doute pas, mais pas pour elle.

Les lèvres du garçon esquissèrent une moue : il ne voyait vraiment pas ce que la vedette pouvait lui reprocher.

— Delphine a besoin d'un homme plus âgé, plus mûr, poursuivit Paule. Quelqu'un sur qui elle puisse s'appuyer, quelqu'un qui la conseille et qui, au besoin, lui impose sa volonté...

— Il y a vous, pour ça ! lança Hervé, ironique.

Piquée au vif, Paule attaqua sans réfléchir :

— Je ne m'occupe que de sa santé... pas de sa vie sexuelle !

— Ça veut dire quoi, ça ?

Paule regrettait d'avoir abordé le sujet si vite. Bien qu'ayant envie de faire du mal au jeune homme, elle hésitait un peu : le combat était trop inégal.

— Hervé, ne m'obligez pas à vous donner trop de précisions, ce serait gênant pour nous deux. Disons simplement que, dans vos bras, Delphine n'est pas entièrement satisfaite.

Hervé rougit mais, avec son coup de soleil, cela passa presque inaperçu. Il s'éclaircit la gorge avant de répondre :

— Mais... enfin... elle... elle ne s'est jamais plainte de quoi que ce soit...

— Parce qu'elle espérait qu'à la longue les... les choses s'amélioreraient.

— Mais elle m'aime, elle m'aime !

— Delphine Farnel aime surtout Delphine Farnel, répliqua Paule avec l'accent de la vérité. Vous l'avez amusée, divertie... et, maintenant, c'est terminé.

— Ce n'est pas possible, dit-il en secouant la tête. Pas possible! Nous parlions encore mariage la semaine dernière...

Soudain, il grimaça :

— Ou alors, c'est qu'il y a un autre type!

Paule répondit — exprès — sans grande conviction :

— On ne peut pas dire ça...

— Si, si, j'en suis sûr, c'est la seule explication : elle a rencontré un type!

— Qu'il y en ait un ou non ne change malheureusement rien à vos affaires...

Hervé eut un petit haussement d'épaules et des larmes brillèrent dans ses yeux :

— Tu parles! dit-il avec un ricanement de désespoir. Ça change tout, oui! Paule, vous avez toujours été très chic avec moi... alors, continuez, je vous en prie et dites-moi s'il y a un autre homme...

Elle soupira, sans le regarder :

— Oui, Hervé.

— Mais qui, qui? Oh, et puis, quelle importance? ajouta aussitôt le jeune homme dont les larmes jaillirent avec violence — des larmes qu'il ne pensait pas à essuyer. Il suffit qu'il existe, c'est tout. Elle le connaît depuis longtemps?

— Non... Ecoutez, Hervé, j'ai l'impression que vous ne comprenez pas très bien la situation et je vais être très franche avec vous, même si cela doit, aujourd'hui, augmenter votre peine. Delphine n'a pas cessé brusquement de vous aimer. En fait, elle ne vous a jamais aimé... et je ne crois pas qu'elle aime davantage votre... successeur, dit encore Paule, presque malgré elle.

— Oui mais au lit, il se défend mieux que moi, c'est bien ce que vous voulez dire, n'est-ce pas ? s'exclama-t-il d'une voix secouée de sanglots. Paule, je l'aime, moi, vous entendez ? Je l'aime ! Je sais que c'est vachement con, vachement démodé...

Il se tut et pleura en silence, tête basse.

Le temps passa. Paule n'osait bouger.

« Et ce maudit téléphone qui, habituellement, ne cesse de sonner, voilà qu'il reste muet ! » pensa-t-elle.

— Delphine aurait pu me dire tout ça elle-même, reprit Hervé qui semblait plus calme.

— Ce n'est pas facile... et puis, elle est un peu lâche.

— Je suppose qu'elle attend avec impatience que j'aie déserté les lieux pour installer le nouvel élu ?

— Vous vous trompez, je vous en donne ma parole.

Hervé eut un geste de la main, pour faire comprendre qu'il lui faisait grâce de ses serments.

Il se leva, enfin.

— Vous serez gentille d'envoyer mes affaires chez mon imprésario; je n'ai pas le courage de les emporter.

— C'est promis, Hervé.

Elle le suivit jusqu'au seuil de la chambre.

— Non, Paule, je vous en prie, ne me raccompagnez pas. Je ne veux pas être traité comme un étranger, c'est trop triste...

Elle acquiesça d'un signe de tête. Une seconde plus tard, elle entendit le bruit des pas du jeune homme décroître dans l'escalier puis le claquement de la porte d'entrée.

« Ouf! » se dit-elle.

Ce même jour, en fin d'après-midi, Delphine faisait à Jean-Pierre Leblond les honneurs de son appartement.

— Qui a décoré la baraque? interrogea Jean-Pierre.

— Steve Bancroft... Tu n'aimes pas?

— Dégueulasse!

— Bon, bon, une décoration, ça se change, répliqua gaiement Delphine. Paule, préparez-nous à boire... de la bière pour Jean-Pierre.

— Je vais en chercher.

S'accrochant au bras du colosse, la jeune femme se haussa sur la pointe des pieds pour l'embrasser.

— Qui c'est, ce mec? demanda-t-il.

Delphine se retourna et découvrit Hervé, très pâle, les poings serrés.

— D'où sors-tu? dit-elle, étonnée.

Et elle se mit à crier :

— Paule... Paule!

Paule, qui n'avait pas eu le temps d'atteindre la cuisine, se montra aussi surprise que la vedette.

— Hervé, pourquoi êtes-vous revenu?

— Il n'est pas revenu, dit Delphine, moqueuse. Il était là.

— Ici?

Alors Paule comprit :

— Ce matin, vous avez fait semblant de vous en aller... C'est intelligent! Où étiez-vous caché?

— Dans la lingerie, répondit Hervé.

— Mais pourquoi?

— Je voulais être sûr que vous ne m'aviez pas menti.

— Bon, eh bien, maintenant que tu es fixé, tu peux partir, dit Delphine.

— Delphine...

— Adieu ! conclut-elle d'un ton sec.

Elle était excédée. Jean-Pierre Leblond, lui, était indifférent. Mais Hervé restait planté au milieu du grand salon.

— Jean-Pierre, flanque-le dehors, ordonna Delphine.

Paule s'interposa :

— Non.

Elle prit la main d'Hervé et l'entraîna fermement vers la sortie.

— Ne revenez pas, Hervé, c'est mieux pour vous...

— D'accord, dit-il, l'œil vague.

Paule referma la porte derrière le jeune homme.

— Oh la la ! quel petit emmerdeur ! s'exclama Delphine. Paule, je ne vous félicite pas...

— Comment pouvais-je prévoir qu'il se cacherait dans l'appartement ?

— A l'avenir, faites attention !

Delphine avait parlé sans réfléchir. Consciente que Jean-Pierre Leblond pouvait se sentir concerné, elle se mordit les lèvres mais son amant avait éclaté de rire, un rire énorme.

— Moi, je ne choisirais certainement pas la lingerie, dit-il, ce doit être une toute petite pièce ! J'ai faim, annonça-t-il sans transition.

— Nous n'avons rien mangé depuis... pas mal de temps, commenta la vedette. Paule, dites à Gilberte de nous servir immédiatement... Qu'elle vide le réfrigérateur. Jean-Pierre, je dois absolument prendre un bain... Jean-Pierre, s'il te plaît...

— Je t'accorde un quart d'heure, pas plus, répliqua Leblond en se laissant choir dans un fauteuil-trappe où il disparut à moitié. Et à condition qu'on m'amène quelque chose à bouffer...

Tremblante, Gilberte vint lui apporter de la bière et des amuse-gueule tandis que Delphine et Paule se hâtaient vers la salle de bains.

— Je suis affreuse et dégoûtante, dit Delphine en se déshabillant avec l'aide de son amie. Chez lui, il n'y a qu'un minuscule lavabo... et l'eau n'arrive que très irrégulièrement! Paule, Jean-Pierre a des idées terribles pour le film... Il veut que je le coproduise afin que nous ayons carte blanche... D'abord, ce ne serait pas un film cher. A part moi, pas de vedettes mais des comédiens solides... Qu'en pensez-vous? Ce serait une expérience tout à fait fascinante. Et puis, quelle publicité! « Delphine Farnel tourne son premier VRAI film! » ou quelque chose dans ce style... Nous nous occuperions de tout, de la distribution, du lancement. Nous irions présenter le film dans les grandes villes de province, nous organiserions des débats après la projection... Qu'en dites-vous? Petit budget, équipe réduite... et gros bénéfices que nous réinvestirions aussitôt dans une autre production du même genre...

Maintenant, Delphine était dans la mousse jusqu'au cou et Paule lui frottait le dos.

— Pour le rôle du garçon — son partenaire — Jean-Pierre aimerait avoir Dominique Louvier qu'il a vu plusieurs fois à la télévision... J'avoue que je ne sais pas très bien qui c'est mais le nom ne m'est pas inconnu. Mais Paule, je ne vous ai pas dit le principal, une chose qui vous concerne...

— Moi ?

— Vous vous souvenez de l'histoire ? Je parle de *Chambre à part*...

— Oui, ce jeune couple que tout le monde croit marié et qui...

— Voilà ! coupa Delphine. L'héroïne — moi — a une amie décoratrice, une femme amère, désenchantée... Bref, Jean-Pierre a l'intention de vieillir un peu le personnage et d'en faire une antiquaire...

— Pourquoi pas ? dit Paule qui s'en moquait totalement.

— Et il veut que vous jouiez le rôle ! annonça triomphalement la vedette.

— Moi ? répéta Paule, ahurie.

— Oui, vous. Jean-Pierre a été très frappé par votre physique. Il n'a pas l'air comme ça, mais il remarque tout ; il est é-ton-nant ! Il vous trouve une gueule extraordinaire, une personnalité...

— Mais je ne suis pas une actrice...

— C'est précisément ce qui lui plaît le plus !

— Je ne saurais pas jouer...

— Mais lui saura vous diriger ! Paule, vous et moi sur l'écran, ce serait formidable, non ?

Le manque d'enthousiasme de son amie la surprenait :

— Mais enfin, vous n'avez jamais eu envie de faire du cinéma ?

— Non.

— Vous n'allez tout de même pas refuser ?

— Non, redit Paule après un instant de réflexion.

Etendue sur son lit, tenant entre ses doigts une

Craven qu'elle oubliait de fumer — quand elle était seule, elle se passait de son encombrant fume-cigarette — Paule s'interrogeait sur l'avenir. Elle n'était pas grisée par la perspective de tourner dans un film (y en aurait-il jamais un second?) mais, après avoir écouté, tout au long de la soirée, les divagations chaleureuses de Delphine et, surtout, après avoir laissé Jean-Pierre Leblond lui exposer des arguments aussi réalistes que stimulants, il lui semblait qu'indéniablement la chance lui accordait de nouveau ses faveurs. Et cela, à un moment où elle se rendait compte des limites du petit univers de la vedette et du manque d'intérêt de sa propre existence.

Paule ne visait pas la gloire; avec son physique, sa « gueule », comme ils disaient, et les emplois qui lui seraient ou non dévolus, elle ne pouvait pas prétendre à une véritable célébrité. Mais Jean-Pierre Leblond — dont elle ne mettait en doute ni la compétence ni la connaissance des milieux du spectacle — lui avait déclaré :

— Dans le cinéma français, il n'y a pas de bonne femme de votre âge et ayant votre autorité...

— Mais, le talent...

— A l'écran, ça n'existe pas, avait répliqué Leblond, péremptoire. Une seule chose importe et qui ne s'apprend pas, c'est la présence! Et je suis certain que vous en avez...

Elle n'aurait pas le trac... surtout aux côtés de Delphine et dirigée par Leblond.

— Une longue série de rôles de maîtresses femmes, de mères abusives, de mégères, de quinquagénaires perverses vous attend! avait encore prédit le metteur en scène.

Paule s'empara d'un miroir à main et s'y regarda. Etait-il possible que ce visage dur, ces yeux noirs s'imposent bientôt à des milliers de spectateurs ? que l'on chuchote sur son passage : « Ah! je suis sûr que c'est elle... mais si, vous savez bien, elle a joué dans *Chambre à part*... Paule... Paule Jeannet, c'est ça! »

« Si je n'avais pas travaillé au *Crichton,* rien de tout cela ne me serait arrivé. Merci, M. Rivière ! »

Elle éteignit la lampe et, estimant qu'après tout elle avait tout lieu d'être entièrement satisfaite, s'endormit immédiatement.

Le lendemain, elle annonça la nouvelle à Gilberte.

— C'est ce que j'avais cru comprendre hier soir... C'est épatant, Paule ! Vous ferez carrière, j'en mettrais ma main au feu...

Etait-ce une fausse impression ? Paule trouva que l'allégresse de son amie sentait l'effort. Sans doute Gilberte était-elle un peu jalouse...

Après avoir bougonné, tempêté, Jean-Pierre Leblond avait finalement accepté de s'installer rue Vineuse.

— Comment veux-tu que nous préparions un film sans téléphone ? avait dit Delphine. C'est de la folie...

La jeune vedette avait appelé Reine Walder pour l'informer de ses projets.

— Prends contact avec les frères Hermann; ils seront certainement très intéressés...

La réponse lui parvint dans l'après-midi, décevante : les frères Hermann demandaient à réfléchir et, surtout, ils voulaient lire le scénario.

— Quoi ? s'exclama Delphine, indignée. Ils osent faire la fine bouche alors qu'ils ont gagné des millions sur mon dos...

— Chérrie, il faut comprrendrre... Ils se méfient du sujet... et puis, ils ont horrreur des jeunes réalisateurrs !

— Il existe d'autres producteurs à Paris. Mets-toi en campagne.

Le soir, Delphine accompagna Jean-Pierre Leblond au théâtre de la Harpe — 85 places — la plus petite salle de la capitale.

— Je ne savais même pas qu'il existait, avoua-t-elle. Tu es sûr que la pièce est bonne ?

— Aucune idée, mais ce sont des copains, je suis obligé d'y aller.

— Comment dois-je m'habiller ? demanda Delphine, le sourcil très haut.

Leblond répondit par un affreux bruit de gorge.

Paule et Gilberte regardèrent la télévision. Vers 23 heures, au cours de la dernière édition du journal de la deuxième chaîne, une photographie d'Hervé Dalin envahit l'écran, cependant que la voix du présentateur annonçait :

— *Nous venons d'apprendre la mort d'Hervé Dalin. Le jeune chanteur a, en effet, été victime, il y a quelques heures, d'un accident alors qu'il se rendait à Deauville où il devait participer à un gala. Pour une raison encore inconnue, Hervé Dalin a perdu le contrôle de sa Matra qui est allée s'écraser contre le mur d'une grange. Quand on a réussi à l'extraire de son véhicule, le jeune homme avait cessé de vivre. Passons maintenant aux nouvelles de l'étranger...*

Paule avait appuyé sur une touche et le petit écran s'était obscurci.

— Il s'est suicidé, c'est certain ! dit Gilberte en émoi.

— Pourquoi ? Il avait l'habitude de conduire vite, très vite...

— Il s'est suicidé à cause de Delphine, répéta l'autre, véhémente.

— Suicide ou pas, je vous conseille de ne pas prononcer ce mot-là devant Delphine, ordonna Paule.

— Oh ! je doute fort que j'en aie l'occasion, répliqua Gilberte d'un ton hargneux. Moi, on ne me parle que ménage et nourriture.

Paule n'avait pas fait attention à ces quelques paroles acerbes, préoccupée qu'elle était de savoir si elle devait ou non mettre la vedette au courant de la mort d'Hervé.

« Il vaut mieux qu'elle l'apprenne par moi », décida-t-elle enfin.

Tandis que Gilberte regagnait sa chambre, Paule s'installa dans le salon.

Le couple rentra vers 2 heures du matin.

— Paule, il ne fallait pas nous attendre, c'était inutile...

— De la bière ! réclama Leblond.

Les deux femmes filèrent en direction de la cuisine.

— Un spectacle aberrant, racontait la vedette. Des acteurs à demi nus récitant des tirades incompréhensibles et interminables... et une salle attentive, passionnée, même ! Rien que des amis de l'auteur, je suppose... Enfin, Jean-Pierre était de mon avis, heureusement !

— Delphine... Hervé a eu un accident de voiture...

— Le pauvre ! s'exclama la vedette alors qu'elle

fouillait le réfrigérateur. J'espère que ce n'est pas grave...

— Si ; il est mort.

— Voilà ce que c'est que de conduire comme un fou ! Paule, ce n'est pas possible...

— Quoi ?

— Il n'y a plus de bière, Jean-Pierre va hurler !

La presse ne parla pas de suicide. On écrivit qu'Hervé Dalin était *surmené, très nerveux,* et qu'il *avait eu sans doute un malaise au volant de sa voiture.* Trois jours plus tard, une photographie, publiée par *Entre nous soit dit,* provoqua la colère de Delphine.

— Paule, regardez ça !

Le cliché — un peu flou — représentait la vedette assise sur les genoux de Jean-Pierre Leblond.

— Cette photo a été prise ici, dans le salon... on reconnaît les fauteuils et la toile de Carlster au mur...

La légende : *Delphine Farnel a oublié Hervé Dalin.*

— C'est ignoble ! ajouta-t-elle, ignorant délibérément que le texte disait vrai. Et puis, dans l'article, ils ont appelé Jean-Pierre Jean-Paul ! Ils savent tout, Paule, le titre de notre film, mon intention de devenir productrice... Qui a parlé ? Et qui a pris la photo ?

— Je vais m'occuper de ça, annonça Paule. Donnez-moi ce journal et ne bougez pas.

Après avoir vérifié que Gilberte repassait dans la lingerie, Paule se glissa dans la chambre de son amie — beaucoup plus exiguë que la sienne et sans salle de bains — et fouilla méthodiquement la pièce. Sous le lit, elle découvrit bientôt un petit Kodak.

Elle rejoignit rapidement Gilberte et, sur la jeannette, posa le journal — plié de façon à ce que la photo saute aux yeux — et l'appareil.

— Expliquez-vous !

Gilberte devint blanche et ses mains tremblèrent. Elle ouvrit la bouche puis la referma, incapable d'articuler un mot.

— Avouez donc ! poursuivit Paule. Tout vous accuse. Quelle déception !... Jamais je ne vous aurais crue capable de ça... C'est comme une escroquerie, comme un vol...

Gilberte retrouva l'usage de la parole :

— Mais il paraît chaque jour des dizaines de photos de Delphine dans la presse...

— Dites « Mlle Farnel » s'il vous plaît ! Les photos publiées dans les journaux le sont avec son accord. Celle-ci a été prise en cachette et dans l'intimité. Delphine a été trahie sous son propre toit. Comment êtes-vous entrée en contact avec ce torchon ?

— En répondant au téléphone. J'ai parlé avec un journaliste, gémit Gilberte. Un monsieur très gentil, il m'a demandé ce que je faisais ici...

— Et il vous a offert de l'argent, moyennant une « exclusivité ». C'est du propre !

— Je ne pensais pas que c'était si grave... J'ai voulu m'amuser un peu. Oh, Paule, je vous en prie, parlez pour moi à Mlle Farnel, dites-lui bien que je regrette...

— Ah ! parce que vous vous imaginez qu'après nous avoir joué un tour pareil nous allons vous garder à notre service ?

Là, l'attitude de Gilberte changea. Frissonnante

de rage, les yeux étincelants, elle persifla en prenant à témoin une personne imaginaire :

— Non, mais, écoutez-la, écoutez-la! C'est qu'elle se prend pour Delphine, ma parole! « Nous ne vous garderons pas à NOTRE service! » Mais qu'est-ce que vous êtes de plus que moi, ici, hein? Une employée... et rien de plus. Oui, je sais, il paraît que vous allez faire du cinéma... Eh bien, si vous voulez mon avis, ce n'est pas demain la veille! Et même si, arriviste et rusée comme vous l'êtes, vous y parvenez, vous croyez vraiment que les gens seront assez bêtes pour dépenser 20 francs afin de voir une tête comme la vôtre?

— Mais, Gilberte, vous me détestez...

— Oui, et ça ne date pas d'aujourd'hui! Ah, Madame a toujours pris de grands airs... Autrefois, elle changeait les draps dans un hôtel en prétendant écrire un roman... et maintenant, elle joue les entremetteuses auprès d'une sale petite vicieuse en espérant donner un jour des autographes!

Paule se mit à crier, elle aussi :

— Fichez le camp, vous entendez? Fichez le camp immédiatement! Retournez à vos ourlets, à vos remaillages... si vos yeux sont encore assez bons pour vous permettre de glisser un fil dans le chas d'une aiguille!

Comme giflée par ces paroles, Gilberte s'empara du fer à repasser et le brandit telle une arme. Les deux femmes étaient face à face, immobiles. Paule défiait Gilberte du regard.

Puis, soudain, Gilberte lâcha le fer qui atterrit sur le sol avec un bruit qui leur parut, à toutes deux, formidable.

— Non, dit-elle, ce n'est pas le meilleur moyen

de vous atteindre. Il doit y en avoir un autre. Je chercherai. Je chercherai et je le trouverai.

Elle dénoua les cordons de son tablier et le jeta dans un coin avant de sortir.

Paule ferma les yeux. Son cœur battait à tout rompre. Comment ne s'était-elle jamais rendu compte que Gilberte la haïssait? Comment une telle scène avait-elle pu avoir lieu?

Elle se sentait brusquement moins sûre d'elle, vulnérable, faillible. Et ce n'était pas une découverte très agréable.

Delphine ne regrettait pas Gilberte mais, curieusement, Jean-Pierre Leblond fut sensible à son départ.

— Où est la cousine de Jonzac? demanda-t-il.

(Il l'avait surnommée ainsi, lui trouvant une ressemblance avec l'une de ses vieilles parentes, originaire de Charente-Maritime).

Et quand il connut le motif de son renvoi :

— Que va-t-elle devenir?

— Pourquoi? Tu voulais lui offrir un rôle, à celle-là? répliqua Delphine, acerbe.

Delphine était nerveuse mais elle avait des excuses : les producteurs l'accablaient de propositions mais aucun d'eux ne voulait participer au financement de *Chambre à part*.

— Ce n'est pas un sujet pour vous, chère Delphine, vous allez vous casser la figure...

— Ce n'est ni une comédie ni un drame, le public déteste le mélange des genres..

— Votre Leblond, il est très sympathique, d'accord; mais de là à lui laisser les pleins pouvoirs...

Jean-Pierre, dont les débuts avaient été plus que difficiles, prenait mieux les choses :

— Ça s'arrangera, cocotte!

— Ne m'appelle pas cocotte, j'ai horreur de ça!

Après la parution de l'article « exclusif » d'*Entre nous soit dit,* les journalistes téléphonaient matin et soir, si bien que, sur le conseil de son amant, Delphine décida de donner une conférence de presse, rue Vineuse.

— Expose tes problèmes en long et en large, cela incitera peut-être un type bourré de fric à nous faire confiance...

Mais la vie privée de la vedette excita plus les imaginations que sa carrière de femme d'affaires.

— Quels ont été vos sentiments en apprenant la mort d'Hervé Dalin?

— J'ai été bouleversée; c'était un garçon adorable.

— On disait qu'il voulait vous épouser...

— On dit tant de choses...

— Allez-vous devenir Mme Leblond?

— Demandez à M. Leblond, je ne suis pas au courant!

Rires dans l'assistance.

— Pensez-vous engager Frédéric Valmon pour vous donner la réplique dans votre nouveau film?

— Qui ça? fit Delphine, jouant les sourdes.

— Valmon...

— Impossible, mon partenaire doit avoir mon âge.

— C'est-à-dire?

— Celui de mon personnage!

— Que pensez-vous d'Isabelle Moreuil qui vous a remplacée dans *La reine sans roi*?

— Rien, je ne l'ai jamais vue à l'écran. Mesdames et messieurs, je me permets de vous rappeler que je vous ai réunis pour vous parler de mes projets...

Coco Vignault, la commère du *Temps de Paris,* une naine rousse, comédienne ratée et qui détestait toutes les actrices, particulièrement les jeunes, intervint pour lâcher son venin :

— Avez-vous l'intention de produire ou de coproduire ?

— J'envisage une coproduction, répliqua la vedette sur ses gardes.

— Si mes renseignements sont bons — et en général ils le sont, précisa la commère — les financiers vous refusent leur concours...

— Tout à fait vrai. Ils sont effrayés par le sujet.

— Et vous vous obstinez ?

— Oui.

— Par... affection ?

— Par amour... du scénario. Et aussi parce que je désire absolument me renouveler.

— Et si le public ne l'accepte pas ?

— J'aurai toujours la possibilité de renouer avec mes anciens personnages. Puisque vous êtes toujours la mieux informée, vous devez savoir que, de ce côté-là, les propositions ne me manquent pas !

Coco Vignault sourit d'un air pincé et ne répondit pas.

— Est-il vrai que vous allez présider la Grande Nuit des Césars ? lança un autre journaliste.

— Oui, et j'en suis très heureuse.

Le samedi 27 juin en effet — exceptionnellement tard dans la saison cette année-là à cause des grèves qui avaient perturbé le monde du cinéma pendant l'hiver — devait avoir lieu, au Théâtre Marigny, la Grande Nuit des Césars, au cours de laquelle seraient révélés les noms des meilleurs acteurs et des meilleurs films — français et étrangers — de l'année. On avait demandé à Delphine d'en accepter la présidence et de remettre certains trophées.

Le 25 arriva, de Rome, une lettre qui la combla de joie :

— C'est d'Alfredo De Santoro, annonça-t-elle à Paule, car Leblond dormait encore. J'ai tourné pour lui, il y a cinq ou six ans; nous étions... très intimes à cette époque. Il a appris par les journaux que j'avais des difficultés et il m'offre son appui... et ses studios. J'espère que Jean-Pierre sera d'accord...

Delphine et Jean-Pierre s'enfermèrent tout l'après-midi afin d'examiner en détail les propositions de De Santoro. L'obligation de devoir donner à la vedette un partenaire italien ennuyait Jean-Pierre.

Mais Delphine possédait des arguments :

— Au lieu de tourner dans des studios romains une histoire qui se passe en France, situons-la carrément en Italie... Avec les problèmes de divorce qu'ils ont là-bas, elle n'en sera que plus explosive... car, une fois les deux héros mariés et désormais incapables de se supporter, il leur sera presque impossible d'obtenir une séparation légale...

— Sais-tu que, pour une star, tu n'es pas trop conne ? dit Leblond en voulant envoyer à Delphine une bourrade qu'elle évita de justesse.

— Merci ! Et je te rappelle que, sur le marché américain, le film italien est beaucoup plus demandé que le film français.

— Téléphone immédiatement à ton Rital...

Dix minutes plus tard, Delphine et Jean-Pierre

annonçaient à Alfredo De Santoro leur arrivée pour le lendemain soir. Le producteur désirait visionner le plus tôt possible quelques-uns des courts métrages mis en scène par Jean-Pierre.

— Paule, préparez les valises, nous partons demain...

— Et la Nuit des Césars ?

— Merde ! s'exclama Delphine.

Elle réfléchit rapidement à haute voix :

— Impossible de me défiler, j'aurais toute la presse et la profession à dos... et ce n'est vraiment pas le moment ! D'autant plus que, publicitairement, c'est très payant...

Sa décision fut vite prise :

— On ne peut pas non plus faire faux bond à De Santoro, c'est un type très susceptible. Jean-Pierre, tu partiras demain comme prévu et je te rejoindrai dimanche avec Paule.

Sans attendre davantage, Delphine composa le numéro de Coco Vignault sur le cadran du téléphone :

— Je veux absolument lui river son clou, à cette vieille pourriture !

Elle poursuivit d'une voix très douce dans l'appareil :

— Allô, Coco ? C'est Delphine Farnel... Je ne vous dérange pas ?

Paule s'était armée de l'écouteur sur l'ordre de Delphine.

— Pas du tout, mon ange, répliqua Coco Vignault à l'autre bout du fil.

— Vous ne pouviez pas ne pas être la première informée... comme d'habitude ! Voilà : je fais mon film avec Alfredo De Santoro.

— Quelle merveilleuse idée ! glapit la commère.

Et puis, ça vous rappellera des tas de bons souvenirs...

— Nous partons pour Rome signer les contrats.

— Et la Nuit des Césars ?

— J'y serai, ma chère. Jean-Pierre Leblond s'en va seul; moi, je prendrai l'avion dimanche. Une dernière nouvelle tout aussi exclusive : mon amie Paule Jeannet fera partie de la distribution...

— Comme habilleuse ?

— Non, en tant que comédienne.

— Mais elle n'a jamais joué ?

— Jamais, non.

— Vous prenez vraiment TOUS les risques, ma petite chérie ! Quel rôle tiendra-t-elle ? Celui de votre mère ?

. — Non, comme dans la vie : celui de ma meilleure amie.

— Delphine, si vous engagez à la fois votre amant et votre secrétaire, vous n'aurez pas de gros frais... alors pourquoi vous embarrasser d'un coproducteur sympathisant nazi, et bossu par surcroît ?

Delphine se préparait à répliquer vertement mais elle se souvint à temps qu'elle n'avait aucun intérêt à se brouiller avec la plus célèbre des journalistes.

— Parce qu'ils ont beau ne pas être chers, je refuse tout de même de les payer ! prétendit-elle avec un rire mutin.

— Vous êtes un chou, je vous adore, piailla Coco d'un ton acide.

— Et moi, je vous embrasse !

Delphine raccrocha et ajouta gaiement :

— Crève, salope !

Associés au nom de Delphine Farnel, ceux d'Alfredo De Santoro et de Paule Jeannet s'étalèrent dès le lendemain matin à la première page du *Temps de Paris* dans le « billet » de Coco Vignault : *Le secret des dieux.*

Le samedi fut tout entier consacré à la beauté. Delphine se voulait éblouissante pour le gala. Le coiffeur, le maquilleur et les employées de Sarah Poldi se succédèrent rue Vineuse.

— Jean-Pierre me manque déjà ! soupirait la vedette, sa main dans celle de Paule. C'est la première fois que nous sommes séparés...

A l'entendre, on aurait cru que leur liaison datait de plusieurs années.

— Il plaira à Alfredo parce que c'est un homme qui aime les bûcheurs, les gens qui savent ce qu'ils veulent et qui ne font pas de concessions. Vous raffolerez de Rome, Paule, j'en suis certaine... mais vous connaissez peut-être déjà ?

Paule sourit :

— Non, Delphine, je n'y suis jamais allée.

— C'est une ville étrange, ensorcelante; minuscule ou immense selon les heures, suivant le temps... On y va pour un week-end et on peut très bien ne jamais en revenir...

Après bien des hésitations et de nombreux essayages — les employées de Sarah Poldi frôlèrent la crise de nerfs —, Delphine se décida pour une robe collante entièrement brodée de paillettes noires sur laquelle était posée une collerette géante en organdi blanc.

Pour Paule : manteau du soir broché or, cuivre et noir; col et poignets en skunks.

Quelques reporters arrivèrent pour prendre des

photos et Delphine en profita pour leur présenter Paule :

— Mon amie et bientôt ma partenaire : Paule Jeannet. Ce sera une révélation !

Il était presque 11 heures du soir quand les deux femmes firent leur entrée, sous les flashes, au théâtre Marigny. Des étoiles de la scène et de l'écran, des stars étrangères se retrouvaient bruyamment, se congratulaient, s'embrassaient... Coco Vignault, en vert mousse, arborait un sourire-grimace de circonstance et, de temps en temps, prenait des notes sur un petit carnet noir qui ne la quittait pas.

Vint le moment des récompenses : Delphine remit leur César aux meilleurs comédiens de l'année. L'actrice couronnée pleura beaucoup; ce qui fit dire à Coco Vignault qu'elle était plus émouvante dans la vie qu'à l'écran et que « de toute façon, ce genre de concours est toujours truqué ! »

Au cours de l'entracte — et avant le programme dit « de variétés » qui composait la seconde partie du spectacle —, Delphine et Paule se dirigèrent vers le bar. Soudain, la vedette pressa le bras de son amie :

— Frédéric ! Comme il a vieilli...

Méchanceté gratuite ? Paule le crut jusqu'à l'instant où elle aperçut Valmon, elle aussi. Le menton affaissé, les yeux enfoncés...

— Il paraît qu'il n'a aucun projet, continuait Delphine. Encore quelques mois et il ira pointer au chômage...

— Cela vous ferait plaisir ?

— Oui. Sincèrement. Il m'a rendue trop malheureuse. Allons lui dire bonsoir...

On s'écarta sur son passage. Coco Vignault, aux

aguets, fit signe à son photographe attitré de se tenir prêt.

— Frédéric, quelle bonne surprise ! s'écria Delphine avec un sourire radieux.

Elle l'embrassa légèrement sur la joue. Il était livide. « Malade, peut-être ? » pensa Paule.

— Je crois que tu connais Paule, disait maintenant Delphine. Elle va être ma partenaire...

— Tu prépares un film de lesbiennes ? répliqua Valmon.

La gifle atterrit sur la joue de l'acteur en même temps que crépitèrent les flashes. Un ami de Valmon l'entraîna rapidement parmi la foule.

— Il est ivre... ou drogué ! s'exclama Delphine, de façon à être entendue.

Sa main lui faisait mal ; elle avait frappé fort.

Nombreux furent ceux qui pensèrent que Delphine avait prémédité son geste afin de s'assurer la première page des quotidiens du lundi.

— C'est décidément une grande petite bonne femme ! claironna Coco Vignault, épanouie.

Delphine et Paule n'attendirent pas la fin du programme d'attractions pour s'éclipser. On les imita.

— Pauvre Frédéric, disait Delphine, un peu plus tard, en ôtant ses escarpins qu'elle balança à travers le grand salon. Je n'aurais peut-être pas dû le gifler... Oh ! et puis si : cela va lui faire une excellente publicité. S'il était bien élevé et s'il en a encore les moyens, il devrait m'envoyer des fleurs pour me remercier...

Elle se mit à rire :

— Je me demande comment Jean-Pierre prendra ça...

— Ce n'est pas le genre d'incident qui le passionne, répliqua Paule, tout en se baissant afin de récupérer les escarpins.

— C'est vrai, admit la jeune femme avec un soupir.

— Montez vite vous coucher; nous devons être à Orly à midi...

— Oui...

Mais, debout devant la fenêtre, Delphine regardait les toits de Paris. Elle s'étira en gémissant :

— Je suis heureuse, Paule. Vraiment heureuse. Pour la première fois depuis des années... et c'est en grande partie à vous que je le dois.

— Mais oui, mais oui, répliqua Paule qui était fatiguée et nullement disposée à bavarder jusqu'à l'aube.

— Je vais faire un film qui me plaît avec des gens qui me plaisent... Je suis amoureuse de Jean-Pierre... et je vous ai.

— Chère Delphine, n'êtes-vous pas en train de faire un petit numéro ?

— Paule! se récria la jeune femme. Voilà le drame des comédiens : quand ils sont sincères, on croit qu'ils jouent la comédie...

— Mais non, je plaisantais. Allez vous reposer, il est tard...

— Il est tôt! corrigea Delphine.

— Voulez-vous une infusion ?

— Ni infusion ni somnifère. Je dormirai bien, j'en suis sûre; je n'ai plus aucune angoisse maintenant...

— Je vous réveillerai vers 10 heures.

Les deux femmes s'embrassèrent et la vedette grimpa l'escalier en fredonnant.

Paule gagna sa chambre et se déshabilla.

« Oui, Delphine était sans doute sincère, pensa-t-elle. Elle est heureuse... »

— Et moi aussi, cette nuit, je le suis.

Et elle ferma les yeux.

Dès qu'elle fut levée, vers 9 heures, Paule fila à la cuisine pour préparer le petit déjeuner de Delphine.

L'appartement était silencieux. Le soleil brillait haut dans le ciel.

« Cet après-midi, je serai à Rome... »

9 h 55.

« Je lui laisse encore une dizaine de minutes », décida-t-elle.

Retour à la chambre où elle plia soigneusement son manteau du soir pour le glisser dans l'une des nombreuses valises qui encombraient l'entrée; Delphine ne se déplaçait jamais sans une douzaine de valises.

La sonnerie du téléphone.

Paule se précipita :

— Allô ?

— Allô ? Delphine ?

— Non, c'est Paule...

Elle avait reconnu la voix de Jean-Pierre Leblond.

— Salut ! La déesse roupille ?

— Oui, mais je peux...

— Non, non, inutile, coupa Leblond. Dites-lui simplement que tout va bien. Alfredo est un vrai copain et il adore mes zinzins. (Jean-Pierre appelait ainsi ses courts métrages.) A tout à l'heure à l'aéroport. *Ciao* !

Paule raccrocha le téléphone. Quelques minutes plus tard, chargée d'un plateau, elle se hâtait vers le huitième étage.

« Je préfère débuter dans les studios italiens...
Ce sera moins intimidant... Je pourrai me tromper
dans mon texte sans que l'on se moque de moi... »

Elle poussa la porte. La chambre était plongée
dans l'obscurité.

— Delphine... Il est l'heure... Delphine, j'ai de
bonnes nouvelles...

Tenant le plateau d'une main, Paule tira les
rideaux de l'autre avant de se retourner en
souriant :

— Delphine !

Elle avait crié.

— Delphine !

Elle avait hurlé.

C'était un cauchemar. Un vrai cauchemar. La
chambre 108. Paule se trouvait encore dans la
chambre 108 de l'hôtel *Crichton*. Elle croyait presque respirer une odeur de vomi.

Mais non, elle devenait folle...

Et pourtant...

Le corps nu de la jeune femme était tombé
entre le mur et le lit, sur la moquette. Ses longs
cheveux blonds lui cachaient le visage.

« Je ne suis plus au *Crichton,* je ne suis plus
dans la chambre 108... »

Mais, cette fois, Delphine Farnel était bien
morte.

7

Le cauchemar continuait, plus hideux, plus
atroce. Delphine avait été étranglée, Paule l'apprit

de la bouche du médecin de la vedette à qui elle avait téléphoné dès qu'elle eut un peu retrouvé ses esprits.

— Mais c'est un crime... regardez son cou...

Des meurtrissures, des plaques sombres, brunes et bleues; un collier funèbre.

Et la police prit possession de l'appartement qui fut assiégé, dans le courant de l'après-midi, par les journalistes et les photographes, mystérieusement alertés. On les repoussa avec beaucoup de mal. Ils se réfugièrent dans les cafés avoisinants. Deux cars de télévision vinrent stationner dans la rue Vineuse et, le soir même, une radio périphérique installait dans l'immeuble qui faisait face à celui de la vedette une station mobile, en liaison permanente avec son quartier général.

Dimanche-Nouvelles sortit une édition spéciale et les journaux télévisés consacrèrent à l'événement la majeure partie de leur « temps d'antenne ».

Tout au début de l'enquête, pour l'inspecteur principal Garnier — un quadragénaire distingué qui ne souriait jamais et dont la politesse excessive était presque insultante —, Paule fit figure de suspecte numéro un. Jusqu'au moment où elle pensa à prévenir Jean-Pierre Leblond par téléphone. Le metteur en scène sauta dans le premier avion et débarqua en pleine nuit.

— Delphine n'avait qu'une seule amie et c'était Paule... Elle éprouvait pour elle une véritable vénération... et puis elles allaient tourner un film ensemble! Il faut être dingue pour la soupçonner... Delphine ne lui devait-elle pas la vie?

— La vie? répéta l'inspecteur sans comprendre.

L'émotion, la stupeur de Paule étaient telles que, pendant son interrogatoire, elle avait omis de raconter dans quelles circonstances elle avait sauvé la vedette.

Très impressionné par cette révélation, l'inspecteur Garnier mit provisoirement Paule hors de cause et tenta de reconstituer les faits.

— D'après le médecin légiste, Mlle Farnel a été assassinée vers 2 h 30 du matin, quand elle allait se mettre au lit, quelques minutes après avoir quitté Mme Jeannet. L'assassin devait donc être dissimulé dans la chambre... ou la salle de bains. Dans un placard ou derrière les rideaux. Après avoir accompli son crime, il a disparu sur la pointe des pieds.

— Je n'ai absolument rien entendu, dit Paule.

— On peut donc supposer qu'il s'est introduit ici pendant votre absence. Il était certainement ganté car nous n'avons pas relevé d'empreintes. Qui possède la clé de l'appartement ?

— Pas mal de gens... Mon Dieu, la gifle ! s'écria Paule, brusquement.

— Je vous demande pardon ?

— Delphine a giflé Frédéric Valmon, hier soir, au théâtre Marigny. Vous verrez sûrement les photos de cet incident demain dans les journaux. M. Valmon avait été l'amant de Delphine qui lui a signifié son congé fin avril... Ils ont rompu devant moi. Je veux dire : elle a rompu. M. Valmon avait une clé et, à ma connaissance, il ne la lui a pas rendue.

— Le pourquoi de cette gifle ?

— Aucune idée, prétendit Paule. J'étais trop loin du couple et, plus tard, Delphine ne s'est pas expliquée... M. Philippe Farnel, aussi, à une clé de l'appartement.

— Qui est-ce ?

— Le frère de Delphine. Avec qui elle était brouillée.

— Une brouille récente ?

— Assez, oui, fin avril.

— A l'époque de la rupture avec M. Valmon...

— Mais aucun rapport, ajouta Paule, devançant la question de l'inspecteur.

— Savez-vous où nous pouvons trouver M. Farnel ?

— Chez un certain Fabio Orsini, dans le XVᵉ arrondissement. Malheureusement, j'ai oublié son adresse...

— Peut-être Mlle Farnel l'avait-elle notée...

— Non, elle l'ignorait.

Regard surpris du policier :

— En êtes-vous certaine ?

— Oui.

Ayant appris la fin tragique de Delphine par la radio, Philippe Farnel — qui avait passé le week-end à la campagne, chez des amis — se présenta rue Vineuse, tôt le lundi matin. Très agité, ne sachant si Paule avait ou non mis la police au courant du chantage dont il avait été l'instigateur, le jeune homme commença par accabler l'amie de sa sœur.

— Une intrigante, une arriviste, prête à tout pour conserver sa place. Elle était devenue l'ombre de Delphine, une ombre démesurée... Ma sœur n'existait plus ; il lui fallait la permission de Mme Jeannet pour respirer !

— Pensez-vous qu'elle soit pour quelque chose dans la mort de votre sœur ?

— Non, répliqua le jeune homme à regret. Elle avait même intérêt à ce qu'elle vive le plus longtemps possible.

— Pourquoi vous étiez-vous brouillé avec Mlle Farnel?

Etait-ce une question-piège?

— J'étais précisément jaloux de l'influence de cette femme... Jusqu'à son arrivée, c'était moi qui conseillais Delphine. Nous ne nous quittions pas.

L'inspecteur approuva d'un signe de tête et Philippe en conclut que Paule n'avait pas parlé. Il regarda autour de lui en pensant qu'il serait bientôt le maître des lieux. Fabio aimait tant cet appartement! Il serait si content d'y vivre!

— Pauvre Delphine! s'exclama Philippe en cachant son visage dans ses mains.

La police recherchait Frédéric Valmon. On le retrouva, drogué, en compagnie d'une prostituée dans un petit hôtel de Pigalle. La fille ressemblait à Delphine Farnel.

— Je le connais depuis longtemps, dit-elle à l'inspecteur. C'est un habitué.

— A quelle heure et où l'as-tu... pris en charge?

— Chez *Roméo*, place Blanche, samedi à minuit, minuit et demi.

— Tu ne te trompes pas? Réfléchis bien, c'est grave...

— Pas plus tard que minuit et demi, je suis formelle.

Et comme elle constatait que le policier n'était pas convaincu, la fille ajouta:

— Je n'ai encore jamais menti à un poulet; vous pouvez vous renseigner.

Et l'inspecteur Garnier se renseigna; mais auprès du patron de l'hôtel.

— M. Valmon et Lola sont arrivés vers 1 h moins 20, moins le quart...

On laissa Valmon tranquille.

— Et du côté des domestiques ? demanda-t-on à Paule.

Elle eut une illumination :

— Mais oui, c'est Gilberte ! Comment n'y ai-je pas pensé plus tôt ? C'est elle, la coupable...

Elle revoyait la vieille fille, défigurée par la haine et brandissant son fer à repasser; elle entendait sa voix sifflante : « Non, ce n'est pas le meilleur moyen de vous atteindre; il doit y en avoir un autre. Je chercherai et je le trouverai ! »

Supprimer Delphine Farnel, c'était du même coup renvoyer Paule au néant.

— Gilberte comment ?

— Monestier. Gilberte Monestier. 3, impasse des Archers.

— Possède-t-elle une clé ?

— Elle m'a rendu la sienne... mais elle a eu tout le loisir d'en faire faire une douzaine durant le temps qu'elle a travaillé ici.

— Vous l'avez renvoyée ?

— Oui.

— Vous faisiez le vide autour de Mlle Farnel...

— Pour son bien, monsieur l'inspecteur.

Et Paule raconta l'histoire de la photo « exclusive » publiée par *Entre nous soit dit.*

On dépêcha un officier de police, 3, impasse des Archers. L'appartement était vide. Renseigné par une voisine, l'homme se rendit alors à *Châtelet-*

Retouches où Gilberte avait retrouvé son ancienne place.

— Mademoiselle Monestier? Police! Veuillez me suivre...

La vieille fille obéit, tremblant de tous ses membres et si bouleversée qu'elle fut incapable de se souvenir de son emploi du temps.

— Samedi? Je ne sais plus... J'ai dû faire un petit tour et puis je me suis couchée...

— Des témoins?

— Des témoins? répéta-t-elle, indignée. Personne ne me regarde dormir! C'est Mme Jeannet qui essaie de me faire du mal, hein?

L'inspecteur Garnier en parla plus tard avec Paule :

— Elle n'a vraiment pas une tête d'assassin! Et puis, elle est certainement moins forte que ne l'était Mlle Farnel. L'imaginez-vous en train de l'étrangler?

— Non, avoua Paule avec un soupir. Mais qui a tué Delphine? Qui? Quelqu'un a menti... Philippe Farnel?

— A la campagne... une demi-douzaine de témoins.

— Et son ami italien?

— Ils étaient ensemble.

— Frédéric Valmon?

— Impossible. Et ses autres amants? demanda l'inspecteur.

— Jean-Pierre Leblond était à Rome; le petit Dalin est mort dans un accident de voiture...

— Mais, avant eux?

— Valmon!

— Avant Valmon? poursuivit l'inspecteur.

Paule ne savait pas. Interrogée, Reine Walder

donna quelques noms : un acteur américain, un décorateur, un fils de famille, un barman... Philippe Farnel en cita d'autres.

— Nous vérifierons, déclara le policier, lassé.

Paule ne sortait pas de l'appartement. Dès qu'elle mettait le pied dehors, elle était assaillie par les journalistes. La nuit, pour dormir, elle prenait des somnifères.

Les funérailles à Mantes-la-Jolie où était enterrée la mère de Delphine furent épiques. Les photographes étaient plus nombreux que la famille et les amis réunis. Une centaine de curieux avaient envahi le petit cimetière, grimpant sur les pierres tombales pour mieux voir. Il se produisit des bousculades. On arracha à Paule le voile noir qui dissimulait son visage. Frédéric Valmon piqua une crise de nerfs et s'écroula sur le cercueil, la bave aux lèvres. Fort heureusement, une pluie diluvienne se mit à tomber, écourtant la cérémonie et dispersant les badauds.

La nuit qui suivit l'enterrement, Paule se réveilla en sursaut et cria :

— Delphine !

Et les larmes lui vinrent aux yeux, inondant son oreiller. Elle sanglotait; elle qui n'avait pas pleuré depuis des années.

— Ma petite fille... ma petite fille...

Elle ne pleurait ni sa carrière brisée ni cette existence facile à laquelle elle allait devoir renoncer. Non. Paule pleurait parce qu'elle comprenait tout à coup à quel point elle s'était attachée à une très jeune femme qu'elle avait tout d'abord considérée comme une affaire, une mine d'or à exploiter.

L'enquête piétinait. Chaque jour, la grande presse faisait le point sur le *crime du siècle*, mais se montrait fort avare de révélations. Les policiers vérifiaient les alibis des intimes de la vedette et interrogeaient ses anciens amants. Deux semaines après l'enterrement, Paule demanda à l'inspecteur Garnier la permission de quitter la rue Vineuse.

— Je souffre trop de voir les robes de Delphine, les objets qu'elle aimait, de respirer son parfum... et puis, songez que je suis obligée de cohabiter avec M. Farnel et que nous ne sympathisons guère...

Le policier comprit et accepta.

— Ne donnez mon adresse à personne, je suis si fatiguée...

Mais un journaliste, plus débrouillard que les autres, débarqua un matin chez Paule, rue des Plantes.

— Comment avez-vous eu mon adresse ?

— Top secret !

— Parlez ou vous n'obtiendrez rien de moi. Par la police ?

— Les flics ? Oh ! non...

— Alors ?

— C'est tout bête : vous avez travaillé au *Crichton* ; j'ai donc téléphoné à l'hôtel en me faisant passer pour un notaire de province... et comme je suis plutôt du genre qui s'accroche...

— Bravo, dit Paule, pensive.

— Et maintenant, commença l'autre avec bonne humeur, je vais...

— Et maintenant : dehors ! coupa Paule.

— Mais vous m'aviez promis...

— Si vous êtes du genre qui s'accroche, moi je suis du genre qui ne tient pas ses promesses. Au revoir!

Et Paule claqua la porte au nez de l'importun. Pourtant, cette visite l'avait impressionnée, sans qu'elle puisse exactement s'expliquer pourquoi.

Toutes les célébrités qui avaient accordé à Paule un semblant d'amitié du temps de Delphine lui avaient ostensiblement tourné le dos, y compris Reine Walder. Seul, Jean-Pierre Leblond avait eu pour elle quelques paroles réconfortantes mais, profitant de l'offre d'Alfredo De Santoro devenu son ami, le jeune metteur en scène avait regagné Rome afin d'y réaliser une série de films destinés à la télévision.

Paule ne savait que faire de ses journées... son appartement lui semblait minuscule. Philippe Farnel — qui lui était tout de même reconnaissant d'avoir gardé le silence au sujet du chantage — lui avait remis un chèque de 20000 francs en présence de l'inspecteur Garnier; chèque qu'elle avait empoché sans honte. Il fallait bien vivre... et travailler. Dans un hôtel? Encore?

— Mon Dieu, quelle horreur!

« *L'ascension et la chute de Paule Jeannet* : si j'avais du talent, si je savais écrire, c'est ainsi que j'intitulerais mon livre de souvenirs... »

Du bout des doigts, Paule caressait les grandes photographies de Delphine qu'elle avait rapportées de la rue Vineuse et fixées aux murs de sa chambre.

— Ma petite fille, qui t'a arrachée à moi? Qui?

Le mystère restait entier.

132

Paule avait laissé faire l'inspecteur Garnier et ses hommes, ayant confiance en leurs méthodes. Elle avait passé la main, renoncé, pour une fois, à diriger, à provoquer les événements, s'imaginant qu'ainsi Delphine serait plus rapidement vengée.

— J'ai eu tort! J'ai eu tort...

Alors, grandit en elle le besoin de se substituer aux policiers incapables, de reprendre l'enquête à son compte. On la laissait en paix, maintenant, elle pouvait donc agir.

Mais comment procéder? Elle acheta un gros cahier d'écolier à spirales et en noircit consciencieusement les pages sans se soucier de son style, écrivant parfois en abrégé. Elle traça d'abord un portrait de tous ceux qui avaient approché la vedette, sans exception, entre mars et juin. Elle nota ce qu'elle savait d'eux, ajoutant son appréciation personnelle. Elle restitua autant que sa mémoire le lui permettait des bribes de conversations, de dialogues...

Philippe Farnel, Fabio Orsini, Frédéric Valmon, Reine Walder, Hervé Dalin, Gilberte Monestier et Jean-Pierre Leblond défilèrent ainsi dans l'ordre...

Paule raconta le séjour à Châtignes, le retour à Paris, la façon dont elle s'était débarrassée de Philippe Farnel et de Frédéric Valmon, la liaison Delphine-Hervé, le week-end au *Crichton*... ce fameux week-end au cours duquel Jean-Pierre Leblond avait fait son apparition...

Elle écrivait vite, des heures entières, persuadée qu'il lui suffirait de relire ses observations à tête reposée pour découvrir une partie de la vérité et, pourquoi pas, l'identité de l'assassin.

Un matin, vers 10 heures, on sonna à la porte.

Paule se trouva bientôt face à une jeune femme à lunettes, le style girl-scout, qui empestait la lavande et se présenta en ces termes :

— Danielle Pelat de *Télévie*. La télévision va prochainement diffuser l'un des premiers films tourné par Delphine Farnel et, à cette occasion, mon journal voudrait lui consacrer un grand article. Vous avez été la dernière personne à...

— Une seconde, mademoiselle ! coupa Paule sans aménité. Pourriez-vous me dire comment vous vous êtes procuré mon adresse ?

— Eh bien..., commença la jeune femme, craignant en parlant d'indisposer son interlocutrice et de voir se tarir, du même coup, sa source de renseignements.

— Est-ce par l'intermédiaire de l'hôtel *Crichton* ?

— Oui, avoua la journaliste. On me l'a donnée sans difficulté.

— Je vais leur dire ma façon de penser ! annonça Paule.

— Mais...

La jeune femme n'osa pas suivre Paule qui avait regagné sa chambre et qui réapparut, la minute d'après, boutonnant un manteau marine signé Sarah Poldi.

— Madame, et mon article ?

— Attendez-moi au café, en bas, je n'en ai pas pour longtemps.

— Très bien.

Une fois dehors, Paule prit la direction de la poste de l'avenue du Général-Leclerc. Elle aurait pu téléphoner du bistrot mais savait, par expérience que, l'appareil étant sur le bar, les communications étaient écoutées et commentées.

« Les employés du *Crichton* sont certainement ravis de ce qui m'arrive... Ils vont m'entendre ! »

Paule dut patienter : toutes les cabines étaient
occupées.

« Je vais m'adresser directement à ce cher
M. Rivière... »

Elle prit la place d'un jeune militaire, referma
la porte vitrée et jeta un coup d'œil à son carnet
d'adresses.

« Un numéro que je ne parviens jamais à me
rappeler... »

Hôtel Crichton : 506.92.24

Elle décrocha l'appareil en pensant tristement :
« La dernière fois que j'ai composé ce numéro,
c'était pour réserver la chambre 108... »

Elle s'immobilisa, saisie de stupeur : mais non,
ce n'était pas elle qui avait composé le numéro du
Crichton sur le cadran de l'appareil...

Elle revoyait la scène : elle était certaine de ne
pas se tromper.

La sueur au front, elle fut prise de vertige. Elle
avait besoin d'air et sortit de la cabine sans s'en
rendre compte.

— Etes-vous souffrante ? lui demanda une
charmante vieille dame, pleine de compas-
sion.

Paule ne l'avait pas entendue. Des gens la regar-
daient avec indifférence, espérant presque qu'elle
allait s'évanouir. La vieille dame qui les croyait
inquiets s'empressa de les rassurer :

— Je m'occupe d'elle... Ne vous en faites pas ; je
suis une ancienne infirmière...

Prenant le bras de Paule, elle l'entraîna au-
dehors.

— Respirez, chère madame, respirez bien à fond...

Mais Paule allait déjà mieux, beaucoup mieux.

— Merci, merci...

— De rien. Je suis toujours contente quand je peux rendre service, dit la vieille dame.

— Il faut que je retourne téléphoner.

— Méfiez-vous des cabines ! Elles sont trop petites. L'après-midi, quand je ne sais pas quoi faire, je reste à proximité. Les femmes, victimes comme vous d'un malaise, sont nombreuses...

Souriante, la vieille dame suivit Paule des yeux et la vit feuilleter un annuaire.

Paule trouva vite le numéro qu'elle cherchait : celui de l'imprésario d'Hervé Dalin; un garçon à peine plus âgé que ne l'était le jeune chanteur et qu'elle avait rencontré une fois, rue Vineuse.

Cinq minutes plus tard, Paule était convaincue qu'elle connaissait le nom de l'assassin de Delphine.

« Il n'est pas question de le livrer à la police... Je veux d'abord le tourmenter et, peut-être, le pousser à se dénoncer... »

De retour rue des Plantes, Paule remplit son sac de voyage — juste de quoi passer deux ou trois jours loin de chez elle — et redescendit.

— Madame... Madame !

C'était la journaliste de *Télévie*, jaillissant du café.

« Je l'avais oubliée, celle-là ! »

— Vous repartez ? demanda la jeune femme.

— Une affaire urgente. Avez-vous une voiture ?

— Non...

— Tant pis pour vous!

Paule abandonna la jeune femme qui n'osa pas insister et marcha jusqu'à l'avenue du Maine. Elle héla un taxi, y grimpa et donna l'adresse du *Crichton* au chauffeur.

Il était 11 heures lorsqu'elle demanda une chambre à la réception.

— La 108, peut-être? proposa un employé avec un sourire en coin. Elle est libre...

— Non.

— Alors la 110?

— Parfait. Je voudrais voir M. Rivière. Dites-lui que c'est extrêmement important. Il me recevra.

— Pas sûr...

— Certain!

En effet, un moment plus tard, un groom conduisait Paule dans le bureau du sous-directeur, au premier étage.

André Rivière était assis à sa table de travail. Les yeux cernés, un petit bouton de fièvre sur la lèvre supérieure, il avait très mauvaise mine. Il salua Paule d'un signe de tête. Elle l'imita et s'assit dans un fauteuil sans en avoir été priée.

— Je n'ai plus rien à faire, annonça-t-elle calmement en enlevant ses gants. J'attendrai le temps qu'il faudra.

André Rivière ne répondit pas et reprit la rédaction de sa lettre; rédaction que l'arrivée de Paule avait interrompue.

Elle pensa qu'il écrivait peut-être n'importe quoi, uniquement pour se donner une contenance. Elle s'en moquait.

A midi précis, un garçon apporta un plateau qu'il posa sur le coin du bureau.

— La même chose pour moi, demanda Paule d'autorité.

Etonné, le garçon consulta Rivière du regard. Le sous-directeur donna son accord par un simple battement de paupières.

Paule et André Rivière déjeunèrent donc face à face, sans échanger un mot. L'après-midi, Rivière fit encore un peu de courrier puis, vers 15 heures, il alla accueillir lady Singletton, une vieille et fidèle cliente. Paule se tenait à quelques mètres de lui, au grand étonnement des employés qui se poussaient du coude.

Paule accompagna Rivière au cinquième étage où la princesse Camolini hurlait de rage parce que la femme de chambre avait donné un bain trop chaud à son caniche nain.

Les membres du personnel échangeaient leurs impressions à mi-voix :

— Elle lui colle au train, c'est dingue...

— Il semble accepter sa présence !

— Pire : on dirait qu'il ne la voit pas.

— Elle veut reprendre sa place ici, ou quoi ?

— Moi, ça me dépasse ! Surtout que Rivière n'est pas le genre de type à se laisser marcher dessus...

Le soir, après le dîner, André Rivière enfila son imperméable car la pluie menaçait et alla faire quelques pas, rue Auber. Paule marchait à sa hauteur.

— Hervé Dalin était un pseudonyme, dit-elle enfin. En réalité, Hervé s'appelait Rivière et c'était votre fils. C'est son imprésario qui m'a révélé son véritable nom...

Rivière ne réagit pas. L'entendait-il seulement ?
Elle haussa le ton :

— C'est une toute petite chose, un détail qui m'a mise sur la voie. Le jour où j'ai décidé de venir passer un week-end au *Crichton* en cliente, votre fils était présent. Je voulais réserver la chambre 108. C'est Hervé qui a composé, sur le cadran du téléphone, le numéro de l'hôtel... et sans avoir consulté le moindre annuaire ! S'il savait le numéro par cœur, c'est qu'il avait l'habitude d'y descendre... ou qu'il y connaissait quelqu'un ! Je me suis alors souvenue que vous aviez un fils ; un fils musicien qui avait refusé de vous succéder dans l'hôtellerie...

Paule et André Rivière s'écartèrent pour laisser le passage à un ivrogne qui gesticulait en grommelant.

— Je suppose qu'avant de se tuer — car son imprésario m'a confirmé qu'il s'agissait bien d'un suicide — Hervé vous a envoyé, à vous et à votre femme, une lettre pour expliquer son geste ? « Je vous demande pardon mais je ne peux pas vivre sans Delphine », ou quelque chose d'approchant... Plus tard, on vous a remis ses affaires et, parmi elles, vous avez trouvé une clé : la clé de l'appartement de la rue Vineuse. Mais vous avez attendu des jours, des semaines avant de venger Hervé, avant de supprimer celle qui était, selon vous, la cause de sa mort. Pourquoi ?

— Parce que j'ai conservé l'espoir de sauver Hélène...

— Hélène ?

— Ma femme. En apprenant la mort de son fils unique et qu'elle adorait, elle a perdu la raison. Elle a deviné qu'il s'était tué car elle l'avait rencontré la veille de son voyage à Deauville, complètement désespéré, ne parlant que de Delphine Farnel, la maudissant et l'excusant en même temps. Pour Hélène, j'ai d'abord cru à une crise momentanée; mais les médecins sont pessimistes et, à moins d'un miracle... Mon fils, ma femme, c'était trop.

André Rivière soupira et poursuivit du même ton égal :

— Par ailleurs, les choses se sont bien passées telles que vous les avez imaginées... Hervé a laissé une lettre, annonçant son intention d'en finir et nous demandant pardon. Et dans les affaires que l'on m'a remises après sa mort, j'ai effectivement trouvé des clés. Trois. L'une d'elles était accrochée à un petit D en argent. Je l'ai gardée dans ma poche... Un soir, ce devait être le 14 ou le 15 juin, vers 2 heures du matin, je me suis rendu rue Vineuse, pour l'essayer. Je pensais que Delphine Farnel... ou que vous auriez fait changer la serrure; mais non. Je ne suis resté qu'une minute dans l'appartement, craignant de rencontrer quelqu'un. Plus tard, par la presse, j'ai appris que Delphine Farnel présiderait la Nuit des Césars et que son nouvel amant était à Rome. Le samedi 27, je suis donc retourné chez elle à 23 heures et je me suis caché dans la salle de bains. J'avais emporté un revolver mais j'ai éprouvé le besoin de me servir de mes mains. Elle est venue vers moi sans deviner ma présence, souriante et nue... Elle n'a même pas crié.

— Assez, je vous en prie! ordonna Paule d'une voix sourde.

— J'ai encore attendu une heure près de son cadavre puis je suis parti.

— Heureux?

— Non, mais, d'une certaine façon... apaisé.

— Satisfait d'avoir fait justice! Pourquoi ne pas vous être livré?

— Franchement, je n'y ai pas pensé... Je n'ai jamais pensé à ce qui arriverait *après*. Mais une fois Delphine Farnel morte, j'ai cru que quelque chose de terrible se produirait dès que je quitterais son appartement... Des cars de police obstruant la rue, des sirènes déchirant la nuit, des agents se précipitant sur moi... Rien de tout cela. Une rue tranquille, déserte. Je suis revenu au *Crichton* par l'entrée de service; le gardien qui somnolait ne m'a même pas vu, j'en suis certain. J'avais espéré que, lorsque je reverrais Hélène, elle comprendrait immédiatement ce que j'avais fait et retrouverait ses esprits... C'était une idée puérile. Elle ne m'a pas reconnu. Elle ne me reconnaîtra peut-être jamais. Et la vie a continué... si l'on peut appeler cela une vie! Vous allez me dénoncer?

— Non.

— Comment ça, non? Mais c'est votre devoir...

— Je préfère que vous vous dénonciez vous-même.

— Et si je ne m'y décide pas?

— Vous le ferez!

Rivière haussa les épaules mais sans ironie, sans colère, comme pour dire : « Mon Dieu, comme vous êtes étrange!... »

— Je vous hais, dit encore Paule. Vous m'avez tout pris.

— Je ne me livrerai pas, reprit André Rivière d'un ton pensif. Si Hélène guérit un jour, je dois être là...

Ils avaient tourné autour de l'Opéra; ils se retrouvèrent devant l'hôtel. Ils y entrèrent.

Les employés de la réception échangèrent des clins d'œil qui signifiaient : « Ils sont inséparables ! »

Mais Paule vint, seule, au comptoir.

— Ma clef ! demanda-t-elle sèchement.

Elle prit l'ascenseur et gagna la chambre 110 sans un regard pour la porte voisine.

Elle avala un comprimé de Dormonyl et s'endormit très vite. Levée à 8 heures, le lendemain matin, elle passa sous la douche, s'habilla et redescendit au rez-de-chaussée.

— Vous m'apporterez un thé complet dans le bureau de M. Rivière. Inutile de m'accompagner, merci.

Le sous-directeur de l'hôtel la retrouva donc installée à la même place que la veille et, s'il en fut surpris, ne le montra pas.

Elle le regarda travailler, patiente, très patiente. Dès qu'il sortait, elle lui emboîtait le pas.

— Je dois aller à l'hôpital Saint-Gratien, annonça-t-il au début de l'après-midi.

— Le temps de prendre mon manteau...

Elle attendit dans la voiture et, quand il revint, une demi-heure plus tard, elle comprit, en voyant son visage fermé, que l'état d'Hélène Rivière ne s'était pas amélioré.

Paule était auprès d'André Rivière quand, de retour au *Crichton*, il examina les certificats d'un jeune Suisse, venu se présenter pour une place de serveur; à ses côtés toujours, pour recevoir l'architecte-décorateur qui devait remettre en état la salle à manger du premier étage, à demi détruite par un incendie l'année précédente.

Les suppositions les plus folles traversaient l'esprit des membres du personnel :

— Il la saute ou quoi ?

— Penses-tu : ils vont s'associer !

— Pourquoi s'associerait-il avec elle ?

— Parce qu'il y a quelque chose entre eux, c'est bien ce que je disais !

— Pourtant, la nuit, elle s'est couchée seule, je peux te l'assurer...

— Le père Rivière est peut-être allé la rejoindre ?

— Non, mais tu as vu la tête qu'elle a ? Faudrait qu'il soit drôlement vicieux...

Certains clients qui s'étonnaient, eux aussi, n'hésitèrent pas à interroger le sous-directeur :

— Cette dame, là, derrière vous, qui est-ce ? Une secrétaire ?

Rivière tentait de se soustraire aux questions mais on insistait :

— Je vous parle de la femme qui vous suit comme une ombre ; elle travaille pour vous, je suppose ?

Il répondait par un petit raclement de la gorge qui pouvait, à la rigueur, passer pour un acquiescement mais ne satisfaisait personne.

— Mon cher ami, j'aimerais bavarder un peu avec vous... mais en tête-à-tête. Pourriez-vous prier cette personne de s'éloigner ?

Là, André Rivière faisait la sourde oreille. Un quart d'heure plus tard, il avait définitivement perdu un client.

Plusieurs employés, croyant fermement que Paule allait succéder à Rivière, tentèrent de s'attirer ses bonnes grâces :

— Madame Jeannet, vous seriez très aimable

de glisser un mot pour moi à M. Rivière; mon problème est le suivant...

Mais les yeux froids de Paule les empêchaient de se confier plus longuement.

Cinq jours s'écoulèrent ainsi.

Le soir du sixième jour, vers 18 h 30, alors qu'André Rivière et Paule étaient dans le bureau du sous-directeur, le voyant fixé au-dessus du parlophone se mit à briller. Rivière se pencha, appuya sur un bouton et annonça dans l'appareil :

— Je viens immédiatement, monsieur.

Il se leva et Paule se leva aussi. Il ouvrit la bouche pour dire quelque chose puis y renonça.

« Cette fois-ci, j'ai vraiment l'impression de le gêner... » pensa-t-elle.

Elle comprit pourquoi quand ils furent dans l'ascenseur.

— Septième! dit Rivière au liftier.

L'étage de M. Crichton! Le célèbre, le mystérieux, l'invisible M. Crichton... que Paule allait enfin rencontrer car elle n'envisageait pas d'abandonner André Rivière une seule seconde.

La cage s'immobilisa au dernier étage de l'hôtel. La porte s'effaça... mais Rivière ne bougeait pas.

— Rez-de-chaussée! ordonna-t-il, soudain.

Et la cage redescendit.

Dans le hall, face à Paule qui gardait le silence, Rivière tassa l'air de ses deux mains dans un geste d'apaisement et lui murmura :

— D'accord, d'accord.

Il fit signe à un groom :

— Mon imperméable dans mon bureau... et le manteau de Madame, vite!

Et il regarda la pointe de ses chaussures.

André Rivière finit de boutonner son imperméable dans la rue; il marchait vite et Paule avait du mal à suivre.

Place de l'Opéra, boulevard des Capucines...

André Rivière se dirigea vers le poste de police de la rue Volney et y entra sans se retourner.

Paule poussa la porte du bistrot le plus proche et commanda un café. Elle resta debout, contre la vitre, à surveiller la rue. Dix minutes plus tard, elle vit une voiture s'arrêter. L'inspecteur Garnier en descendit et se hâta vers le poste de police.

Paule avançait droit devant elle.

— Que vais-je faire, maintenant?

Jusque-là, elle avait eu un but : venger Delphine, démasquer l'assassin, l'obliger à se dénoncer. Son but était atteint et tout lui était de nouveau souffrance : le bruit, les lumières, les passants... ces gens qui vivaient, riaient, couraient à des rendez-vous.

— Ma petite fille...

Place de la Concorde. Sans en avoir conscience, Paule se dirigea vers le théâtre Marigny et reçut un choc en le voyant illuminé. Des hommes, des femmes élégantes se pressaient à l'entrée.

Paule revoyait Delphine dans sa robe noire, souriante, heureuse, enfin confiante en l'avenir. Alors que quelques heures plus tard...

Fuyant le Marigny, Paule était maintenant sur les Champs-Elysées. Quelque chose l'attirait tout au bout de l'avenue, quelque chose l'appelait, quelque chose qui, elle en était certaine, atténuerait sa peine et lui apporterait un peu de réconfort.

« Je suis folle, il n'y aura rien... »

Si. Delphine. Delphine l'attendait en haut de l'avenue en double exemplaire, Delphine peinte plus grande que nature, sur deux immenses panneaux qui encadraient la façade du Ciné-Elysée, une salle spécialisée dans la reprise des films célèbres.

Festival Delphine Farnel, lut-elle en lettres de lumière. *Aujourd'hui : Trois heures de retenue.*

En regardant les photos épinglées dans le hall, en consultant les affiches, Paule comprit que le cinéma s'était assuré l'exclusivité des sept premiers films de la vedette, qui se succéderaient à raison d'un par jour.

Paule n'avait jamais vu *Trois heures de retenue.*

Elle prit un billet à la caisse; la séance de 20 heures venait de commencer.

Dans la salle obscure, elle fut accueillie par une Delphine plus jeune que celle qu'elle avait connue; une Delphine aux joues rondes et à la coiffure sage. Une Delphine bien vivante qui éclatait de rire, une lycéenne endiablée qui poursuivait un garçon, dansait le charleston, tombait dans une mare...

Paule ne prêta aucune attention à l'intrigue, fascinée par le visage de son amie, bouleversée par le son de sa voix.

Le film s'acheva et elle soupira d'aise à la pensée que le miracle allait se reproduire dans très peu de temps.

L'entracte, les publicités, un court métrage d'animation et le film, enfin. Delphine toute proche, car Paule avait profité du départ de plusieurs spectateurs pour s'installer au cinquième rang.

Quatre-vingt-dix minutes plus tard, le mot *Fin* apparut de nouveau sur l'écran.

La salle se vidait lentement mais Paule restait assise, ne pouvant se résoudre à sortir.

Une ouvreuse vint lui taper sur l'épaule :

— Il faut partir, madame, c'est terminé.

Paule secoua la tête :

— Non, dit-elle avant de se lever. Ce n'est pas terminé. Il y a d'autres films, beaucoup d'autres films.

8

Mal réveillée, migraineuse, Paule perçut les échos d'une agitation fébrile et grandissante mais, croyant être seule à les entendre, les associa tout naturellement au rêve absurde et angoissant dont elle émergeait à peine.

Une série de coups de sonnette impératifs et des coups frappés à la porte d'entrée dissipèrent brusquement et définitivement les fantômes vagues de la nuit.

Paule se leva et enfila sa robe de chambre en pensant « police-télégramme-incendie-inondation »...

Elle se hâta vers la porte, l'ouvrit et la referma presque instantanément. Les journalistes ! Il y en avait une douzaine sur le palier, se bousculant et s'injuriant, tendant des micros, brandissant des appareils-photo.

— Une interview ! clamaient-ils maintenant, derrière le battant de bois.

Une interview ? A quel sujet ? André Rivière,

bien sûr ! Mais comment avaient-ils su... Il était invraisemblable que l'inspecteur Garnier eût rendu publiquement hommage à la perspicacité et à l'acharnement de Paule Jeannet. Alors ? Facile à deviner : en apprenant que le sous-directeur du *Crichton* avait avoué son crime, les représentants de la presse, de la radio et de la télévision s'étaient précipités à l'hôtel afin d'interroger les membres du personnel. Paule imaginait les questions... et surtout les réponses.

— Paule Jeannet était constamment sur le dos de M. Rivière. Elle le suivait partout. Sauf aux W.-C. et encore...

— Elle paraissait vouloir le pousser à bout...

— Elle avait barre sur lui, c'était visible. Et ça, sans dire un mot !

— Elle a disparu hier soir. Juste en même temps que lui !

Les journalistes n'avaient pas eu besoin de davantage de précisions. Soupçonnant André Rivière, son ancien employeur, Paule Jeannet, l'ombre protectrice de Delphine Farnel, l'avait subtilement torturé pour l'obliger à se dénoncer... « au risque de se faire tuer », ajouteraient immanquablement les plumitifs.

« Vous êtes une héroïne ! » avait dit un jour à Paule Gilberte Monestier. La retoucheuse avait devancé l'événement. Sans se griser exagérément de sa victoire, Paule ressentait tout de même une certaine fierté à l'idée d'avoir vengé Delphine. Et aussi d'avoir damé le pion à la police. Serait-elle blâmée ou félicitée par l'inspecteur Garnier ?

— Je l'attends de pied ferme, celui-là ! murmura-t-elle, prête à l'esclandre.

Pour fuir les coups de sonnette et les appels, Paule se réfugia dans le cabinet de toilette et passa sous la douche, les cheveux prisonniers d'un bonnet en caoutchouc.

Giflée par l'eau glacée puis très chaude, Paule connut un moment de désespoir intense. Delphine était morte, alors qu'importaient la police, les journalistes et le *Crichton*... Comment allait-elle vivre désormais ? Pourquoi André Rivière ne l'avait-il pas abattue d'un coup de revolver ? C'eût été la meilleure solution. Restait le suicide. Mais Paule n'avait jamais songé à se supprimer, même aujourd'hui ; ce n'était pas dans sa nature.

« Si je ne peux ni mourir ni vivre... »

Survivre. Oui, survivre, mais à condition d'avoir à se battre. Contre quelque chose ou quelqu'un. N'importe qui, n'importe quoi. Tout ce qui se présenterait. Tant qu'il y aurait un obstacle, un ennemi, Paule tiendrait debout.

Son premier adversaire était la meute qui piétinait sur le palier. Pressée de l'affronter et justifiant cette envie par les quelques provisions qu'elle devait acheter si elle ne voulait pas se contenter de se nourrir de biscottes et de confiture, Paule s'habilla et sortit. Aveuglée par les flashes qui éclatèrent, elle ordonna aux hommes qui l'empêchaient d'avancer :

— Ecartez-vous !

Elle répéta l'ordre, un ton plus haut et marqué d'une telle contrariété qu'on lui permit d'atteindre l'escalier entre deux rangées d'excités.

— Comment avez-vous découvert que Rivière était le coupable ?

— Aviez-vous des soupçons, des indices ?

— Etait-il l'amant de Delphine et jaloux de son fils ?

— Quels étaient vos rapports avec Rivière quand vous étiez femme de chambre ?

— Pas de commentaires ! dit-elle seulement dans l'un des micros qu'on lui collait sous le nez.

La meute protesta bruyamment :

— Soyez coopérative, merde !

— En souvenir de Delphine...

— Les flics vous avaient-ils chargée d'espionner Rivière ?

— Sa femme est-elle aussi dingue qu'on le prétend ?

— Pas de commentaires ! redit Paule en parvenant au rez-de-chaussée.

Nouvelles protestations et Paule entendit distinctement derrière son dos :

— Quelle salope !

Et aussi :

— Elle a la tête enflée, cette vieille gouinasse !

— Allez, Paule, soyez chic, un bon mouvement...

— Paule, c'est la police qui vous a priée de la boucler, ou quoi ?

On l'appelait par son prénom. Elle ne s'en offusqua pas et revit Delphine, face à sa cour de photographes : « Delphine, le profil droit... Le gauche, maintenant !... Delphine, le sourire... Mieux que ça... La main dans les cheveux... Par ici le regard, par ici... Delphine... Delphine ! »

— Si c'est le fric que vous cherchez...

Un gros moustachu lui tendait une liasse de billets de cent francs. Paule s'en empara et les lui lança au visage. Flash ! Le cliché serait bon, mais l'utiliserait-on ?

Rue des Plantes, l'ardeur des journalistes donna des signes de faiblesse et la moitié d'entre eux se résignèrent. Avenue du Maine, ils n'étaient plus que trois sur les talons de Paule à l'exhorter à parler, mais sans grande conviction et en traînant les pieds.

Paule effectua tranquillement ses courses et acheta une demi-douzaine de quotidiens qu'elle glissa dans son sac en songeant que Rivière s'était livré à la police suffisamment tôt pour faire la « une » de la presse.

De retour rue des Plantes, elle retrouva les plus patients des envahisseurs et resta sourde à leurs prières.

— Paule, faut qu'on fasse notre boulot...

— Aidez-nous, quoi. On est du même bord, après tout...

Elle retint un ricanement qui les eût dressés peut-être dangereusement contre elle, vida sa boîte aux lettres qui contenait trois enveloppes, dont une expédiée par pneumatique, grimpa au second étage et claqua sa porte tandis que retentissait cette menace :

— On va vous descendre en flammes !

Un petit café, voilà ce qui la stimulerait. Dans la cuisine, Paule dépouilla son courrier : une lettre du syndic annonçant le prochain ravalement de l'immeuble et réclamant le montant des charges trimestrielles et la facture de l'E.D.F. Quant au pneumatique, il émanait de Coco Vignault, la commère du *Temps de Paris*, qui écrivait : *Appelez-moi très vite, nous devons bavarder*. Suivaient une signature illisible et un numéro de téléphone.

Que voulait Coco Vignault ? Mais ce que dési-

raient ceux qui s'étaient dérangés ce matin : des révélations, de l'inédit, du croustillant. Elle attendrait. Ils attendraient tous.

Les journaux. Partout la même photo prise au cours de la Nuit des Césars : Paule et Delphine côte à côte, souriantes, élégantes, insouciantes. L'un des quotidiens surnommait Paule : *Madame Maigret*, un autre : *le Sherlock Holmes du Showbiz*. Des gros titres : *L'assassin de Delphine Farnel est le père d'Hervé Dalin.* Pour *Les Nouveaux Echos*, *Paule Jeannet était particulièrement bien placée pour démasquer le meurtrier puisqu'elle avait été à son service.* On la décrivait : *plus patiente, plus habile et plus motivée que la police...* Des photos d'André Rivière voisinaient avec celle d'Hervé : *Il venge son fils et sa femme devenue folle.*

Il y avait aussi dans *Noir sur Blanc* une photo du *Crichton* avec cette légende agressive : *C'est LÀ que tout a commencé...* et, sur la même page, un article encadré et intitulé : *Le mort du* Crichton.

« *Le* mort? » se dit Paule, étonnée avant de lire : *Quelques heures après qu'André Rivière se fut livré à la police, son directeur, M. Paul-Edmond Crichton, âgé de 89 ans, a succombé à une crise cardiaque. Simple coïncidence, puisqu'on avait caché à M. Crichton l'arrestation de son employé. Dans les milieux concernés, on chuchote que cette mort entraînerait une restructuration complète du* Crichton *qui, après avoir été longtemps l'un des grands noms de l'hostellerie française, se retrouve bon dernier sur la liste des palaces parisiens.*

« *Bon dernier...* vacherie gratuite ou quoi? » se demanda Paule que l'entrefilet avait intéressée au point de la distraire de son drame pendant quelques secondes. Elle le relut attentivement : *Dans les milieux concernés, on chuchote que cette mort entraînerait une restructuration complète du* Crichton... Restructuration ? Quelle restructuration ? Il y aurait toujours des garçons arrogants et des chefs d'étage voleurs de pourboires, toujours du chapardage, de la prostitution de haute volée et des problèmes de drogue discrètement étouffés...

Paule se souvint de la femme de chambre à laquelle elle avait donné 500 francs. « Une restructuration ? Laissez-moi rire ! »

Paule renoua très vite avec Delphine. *La première chaîne de télévision rendra hommage à la vedette tragiquement disparue en diffusant dimanche soir à 20 h 30 l'un de ses premiers films :* « *La chasse à l'héritière* », annonçait *Noir sur Blanc* en bas de page.

« Il me faut une télévision... » Paule décida d'acheter un poste sur-le-champ.

On sonnait. Encore un journaliste ?

— Qui est-ce ?

— La concierge, répliqua une voix féminine dotée d'un fort accent portugais.

Une femme à l'air buté passa par la porte entrouverte une grande gerbe de roses.

— On vient d'apporter ça pour vous...

Paule lut la carte jointe à l'envoi. *Merci.* Et c'était signé *Philippe Farnel*.

La vue des roses lui souleva le cœur — parce qu'elles lui étaient offertes par Philippe Farnel — et elle rappela la concierge au risque de laisser entrer les journalistes les plus obstinés, maintenant assis sur le plancher.

— Madame Catano, pour vous, les roses! dit-elle en lui tendant la gerbe.

— Ni fleurs ni couronnes! lança un reporter, à la fois sardonique et lassé.

L'après-midi, Paule fit un saut chez Mondotélé à Montparnasse et acquit un poste couleurs qui devait lui être livré le lendemain à 14 heures. Elle paya par chèque, entamant ainsi les 20 000 francs de Philippe Farnel et se demanda — sans exagérer son inquiétude — ce qui arriverait quand la somme serait épuisée.

Enfin découragés, les reporters avaient levé le siège et le calme régnait à nouveau dans le vieil immeuble.

— Tout de même! murmura-t-elle avec satisfaction en introduisant sa clé dans le trou de la serrure.

Un homme. Il y avait un homme assis dans son salon-séjour et qui fumait une gauloise. Paule sursauta :

— Qui êtes-vous? Comment êtes-vous entré?

Il était laid avec son nez pointu, ses cheveux gris clairsemés, son costume froissé et taché qui soulignait un embonpoint de gros mangeur. La cinquantaine négligée, avachie, mais des yeux durs qui ne devaient avoir peur de rien et une bouche mince, amère et sarcastique. L'ennemi type.

— Lucien Grémilly... Je suis entré en me montrant plus généreux que les autres avec votre concierge. Plus généreux et plus menteur; j'ai prétendu être de votre famille. Un cousin éloigné...

« La concierge! Elle va m'entendre, celle-là... et dès aujourd'hui, je récupère ma clé! »

— Dehors... ou j'appelle la police !

Nullement impressionné, l'homme se contenta de sourire, dévoilant des dents jaunies par la nicotine, et il écrasa ce qui restait de sa cigarette dans une coupe en céramique débordante de mégots.

— En criant par la fenêtre ? Vous n'avez pas le téléphone...

Elle soupira, excédée, mais pas mécontente au fond de cette intrusion qui meublait la vacuité de sa journée. L'homme devina le cheminement de sa pensée et le lui fit comprendre d'un regard ironique. Paule pensa immédiatement au chantage.

— Que me voulez-vous ? demanda-t-elle.

— C'est à moi de vous poser cette question... en la modifiant légèrement : combien voulez-vous ?

Ce n'était pas une question de maître chanteur. Alors ?

— Combien ? Mais... pour quoi faire ?

— Mon nom ne vous dit vraiment rien ? Lucien Grémilly...

Paule fouilla sa mémoire. Grémilly... Le nom ne lui était pas inconnu, en effet. Oui : elle l'avait entendu dans la bouche de Delphine. Prononcé avec colère, avec dégoût.

— Je suis le directeur d'*Entre nous soit dit,* précisa Grémilly.

Un torchon, spécialisé dans le récit des amours et des maladies des stars et des altesses régnantes ou détrônées. Ragots et scandales. Et l'hebdomadaire qui avait publié la photo de Delphine en compagnie de Jean-Pierre Leblond prise par Gilberte !

— Il n'y a pas de quoi...

— ... se vanter, je sais! conclut placidement Grémilly avant de s'animer : Mais j'ai tout de même des milliers de lecteurs et le plus gros tirage sur la place de Paris. Bref : je veux que vous écriviez vos mémoires... à compter du jour où vous avez découvert la Farnel agonisante au *Crichton* — votre passé n'intéresse personne. Alors le sauvetage, la guérison miraculeuse, les nouvelles amours, les projets de films, l'assassinat, l'enquête et vos exploits de détective-amateur. Un chapitre par semaine. Et je vous répète : combien?

Paule tremblait d'indignation et s'apprêtait à hurler mais elle se rappela à temps que la victoire appartient souvent à celui qui sait dominer ses émotions.

— Le silence fait grimper les prix, c'est une excellente méthode! reprit Grémilly. Je vous offre 30 000 francs... 40 000? 50 000 et pas un sou de plus. Et si vous n'êtes pas douée pour la littérature, aucune importance. Vous raconterez et quelqu'un d'autre tiendra la plume. Nous sommes d'accord?

— Non. J'ai de meilleures propositions, assura Paule, le visage serein.

Et Lucien Grémilly explosa.

— Coco Vignault! rugit-il en se penchant pour s'emparer de la carte que Paule avait posée le matin même sur l'un des rayonnages d'une étagère, et l'agiter furieusement.

— Vous avez osé lire mon courrier?

— Ça vous apprendra à le laisser traîner! Combien vous offre la mère Vignault?

« Mon cahier! pensa aussitôt Paule, perdant son sang-froid. Ce salaud aurait-il fouillé mes tiroirs? » Elle courut à sa chambre, ouvrit le tiroir de sa table de nuit, ne trouva rien, s'affola puis se souvint d'avoir rangé dans l'armoire, sous une pile de draps, le cahier d'école à spirale dans lequel elle avait consigné les faits et gestes des familiers de Delphine. Elle le vérifia et respira mieux.

— Où est le trésor ? s'enquit Grémilly qui l'avait suivie.

— Le trésor ?

— Oui, vos notes, vos fiches. Quand on sert une star, on s'en sert. On passe ses soirées à noircir du papier...

— Vous, peut-être, mais pas moi...

Grémilly affecta d'admettre ce qu'il considérait comme un mensonge afin de ne pas envenimer ses rapports déjà délicats avec son hôtesse.

— Alors vous devriez vous mettre à l'ouvrage. Les souvenirs, c'est comme le champagne, ça s'évapore...

Il lança sa carte de visite sur le couvre-lit :

— J'ajoute ma carte à votre collection. Appelez-moi très vite... et faites-vous installer le téléphone !

— Pour que l'on me persécute à toute heure du jour et de la nuit, merci bien !

— Je ne veux que votre bonheur. Vous méritez tout de même mieux que ça ! ajouta Grémilly avec une lippe en englobant la chambre d'un geste large.

— Ce modeste intérieur me suffit !

Grémilly corrigea, goguenard :

— ... vous suffisait. Avant Delphine. Mais maintenant...

Paule haussa les épaules, agacée qu'il eût en partie raison.

— Partez! ordonna-t-elle.

— On s'est tout dit, pourquoi resterais-je? Un dernier mot, cependant : je vous paierai plus cher que Coco. Beaucoup plus cher; vous avez ma parole.

Grémilly disparu, Paule aéra l'appartement et vida le cendrier. « Les vautours! les chiens! » La carte de Coco Vignault et celle de Grémilly rejoignirent les mégots dans la poubelle.

On sonnait.

— Quoi encore?

C'était Grémilly.

— Vous avez oublié quelque chose?

— ... de vous mettre en garde : si vous n'écrivez pas rapidement vos souvenirs, quelqu'un d'autre s'y emploiera à votre place. Et vous aurez alors tout perdu : l'argent et aussi la possibilité de faire de votre amie un portrait flatteur. Salut!

L'argument porta. Grémilly connaissait son métier et les mœurs journalistiques. Quelques écrivaillons sans scrupules devaient déjà, dans l'ombre, cogiter une biographie de Delphine Farnel. La recette était simple : compiler intelligemment un stock d'archives, interviewer les plus célèbres partenaires et metteurs en scène de la vedette, pimenter de quelques anecdotes salaces invérifiables, intercaler dans le livre un cahier de photographies, couronner le tout d'un titre ronflant du style *Vie et mort d'une idole* ou *Autopsie d'une étoile,* et l'ouvrage ainsi conçu figurerait à coup sûr pendant de nombreuses semaines en tête du hit parade des meilleures ventes.

Paule s'offrit un cas de conscience à sa mesure et se tortura délicieusement puisque Delphine était au centre de toutes ses angoisses.

En désespoir de cause, elle alla se poster devant les photos de son amie :

— Conseille-moi, ma chérie, que dois-je faire ?

Mais Delphine souriait pour l'éternité.

Le soir, sur l'écran du Ciné-Elysée, Delphine Farnel valsait et chantait dans *Les amants de Salzbourg,* un mélodrame historique. Paule vit le film deux fois et, à chacune des séances, versa quelques larmes au moment de la scène finale quand la petite modiste autrichienne sacrifiait courageusement son amour pour un bel archiduc à la raison d'Etat et se noyait discrètement dans un lac nimbé de brouillard...

A la sortie du cinéma, un groupe reconnut Paule, bien qu'elle eût remonté le col de son imperméable, et exprima son excitation à pleine voix :

— C'est la femme du *Crichton*...

— La secrétaire de Delphine Farnel...

— Celle qui a fait arrêter l'assassin !

Plus hardie que ses compagnons, une femme rattrapa Paule et exhiba un stylo :

— Je peux avoir un autographe ?

— Mais, madame, je ne suis personne. Personne ! redit Paule sans méchanceté, mais avec un aplomb qui incita la quêteuse à s'effacer.

En son for intérieur, Paule rectifia sa déclaration : « Enfin... *presque* personne ! »

Elle résolut de rentrer à pied, espérant que cette marche dans la nuit favoriserait sa réflexion et lui permettrait de découvrir le meilleur moyen de protéger Delphine des vampires de la presse. Elle se dirigea vers les Tuileries, puis traversa la Seine afin de gagner le boulevard Raspail.

Lucien Grémilly avait naturellement raison quand il prédisait que Delphine Farnel inspirerait à brève échéance des biographes cyniques, plus avides d'argent que de vérité. Alors, n'était-il pas de son devoir de coucher ses souvenirs sur le papier ? D'autant qu'elle était, jusqu'ici, la seule à pouvoir expliquer comment elle avait démasqué André Rivière... puisque, apparemment, la police se souciait fort peu de s'informer à ce sujet !

Mais pour écrire, le talent était nécessaire...

« Vous raconterez et quelqu'un d'autre tiendra la plume », avait dit Grémilly. Un nègre ? Pourquoi pas... mais qui ? Et il était absolument exclu que Paule se confie aux échotiers d'*Entre nous soit dit* ou du *Temps de Paris.* Elle visait plus haut. Mais, pour viser, encore fallait-il disposer d'une cible...

Le lendemain, le facteur déposa dans sa boîte aux lettres trois cartons d'invitation. L'un pour une « générale » de théâtre, l'autre pour la projection privée d'un film inédit et le dernier pour un vernissage. Plus un second pneumatique signé Coco Vignault : *On dit que les grandes douleurs sont muettes. On a tort et je peux vous le prouver. Téléphonez-moi.*

Paule déchira le message de la commère du *Temps de Paris* et les cartons d'invitation, bien qu'ils fussent le signe que le vent avait tourné, entraînant les girouettes parisiennes. Paule était redevenue à la mode, fréquentable, recherchée. Mais pour combien de temps ? La moindre brise la renverrait au néant.

En revanche, elle se garda bien de détruire la lettre des Editions Robert Vierzon, apportée par le même courrier. Robert Vierzon l'invitait à prendre contact avec lui dans les plus brefs délais « afin d'étudier un projet qui devrait avoir votre approbation » : formule vague mais que Paule déchiffra sans difficulté.

Les Editions Robert Vierzon... Paule leva la main vers sa petite bibliothèque qui ne contenait qu'une douzaine de volumes et en retira *Les Coulisses de ma vie,* collection *Réalités.* L'auteur était Rosemonde Talbot — la vieille et célèbre comédienne morte deux ans plus tôt — et l'éditeur, Robert Vierzon. Paule, que le livre avait amusée, s'intéressa au dos de la jaquette où l'on rappelait les premiers titres de la collection : des autobiographies de psychiatres, de musiciens, de dramaturges...

« Je serai en bonne compagnie ! »

Elle fila à la poste et convint avec Robert Vierzon lui-même d'un rendez-vous pour le lendemain, en fin de matinée.

L'après-midi, elle traqua le souvenir et griffonna sur le cahier à spirale, tâche qui ne l'exalta guère car elle eut très vite et pleinement conscience de la platitude et de la pauvreté de son vocabulaire et surtout de son incapacité à traduire ses sentiments par des mots. Mais l'important était de ne rien oublier.

Un employé de Mondotélé vint lui installer son poste couleur. Paule s'assura qu'il fonctionnait et n'y toucha plus. La télévision ne la captivait que dans la mesure où elle diffusait des films de Delphine ; Paule n'avait aucun goût pour ce qu'elle appelait « la salade d'images ».

À 20 heures, elle était assise dans la salle du Ciné-Elysée qui avait à son programme *Un certain style de femme*, un film qu'elle avait déjà vu lors de sa sortie et avec lequel Delphine avait obtenu ses premiers galons de vedette. Une affichette lui apprit qu'étant donné son succès le Festival Delphine Farnel serait prolongé de deux semaines et elle se réjouit de savoir comment elle occuperait ses prochaines soirées.

Le lendemain, Paule se rendit rue de Verneuil, à Saint-Germain-des-Prés. Les Editions Robert Vierzon occupaient le rez-de-chaussée d'un vieil hôtel particulier. Moquette épaisse, peintures claircs, hôtesses souriantes et musique douce en fond sonore.

Vierzon reçut Paule presque immédiatement et la remercia d'avoir si vite répondu à son appel... « alors que vous devez être tellement sollicitée ! » ajouta-t-il. C'était un aimable sexagénaire qui s'ingéniait à paraître plus jeune de dix ans grâce à un régime draconien, à un bronzage perpétuel et à une teinture de cheveux un peu foncée. Il n'y réussissait que rarement mais, convaincu du contraire — et aidé en cela par les compliments hypocrites de ses collaborateurs —, il était toujours d'excellente humeur.

— Rosemonde Talbot a plaidé en votre faveur ! affirma Paule pour dire quelque chose.

— Chère Rosemonde, une comédienne... biblique ! répliqua Vierzon, l'esprit ailleurs.

Et, sans transition, il éclaira son interlocutrice sur la nature du « projet qui devrait avoir votre approbation » :

— Vous êtes toute désignée pour écrire le récit des derniers mois de Delphine Farnel que vous avez arrachée à la mort...

162

— Possible... mais écrire est un métier et ce n'est pas le mien.

— Certains de nos auteurs les plus fameux — notamment la grande Talbot — ont eu recours à un *rewriter*...

— Un nègre, quoi !

— Je n'aime pas le mot. Disons... un aide. Si nous nous entendons — ce dont je ne doute point —, je vous confierai à Madeleine Brunel, une personne très compétente... et un tombeau !

— Pourquoi pas ?

Ils tombèrent rapidement d'accord. Calculés sur le nombre de livres vendus — Vierzon prévoyait un tirage initial de 40 000 exemplaires — les droits d'auteur de Paule s'élèveraient à 8 % du prix de vente. Elle toucherait un premier à-valoir de 30 000 francs à la signature du contrat et un second à la remise du manuscrit.

— Pour le reste, contrat classique, partage 50/50 des droits annexes. En ce qui concerne votre *rewriter* — pardon, votre aide ! — son nom ne figurera pas sur la couverture du livre mais en page 3 : *Avec la collaboration de Madeleine Brunel...*

Un détail fit tiquer Paule : Vierzon se réservait le droit de choisir le titre du livre, mais son passé professionnel incitait à la confiance et Paule s'abstint de tout commentaire. En revanche, elle insista pour avoir un « droit de regard » sur le manuscrit définitif qui ne pourrait être publié sans son approbation. Accordé.

— Madame Jeannet, si vous êtes libre de votre temps...

— Mais je le suis...

— ... Nous pouvons espérer sortir le livre début novembre.

Madeleine Brunel était obèse et, comme elle habitait un septième étage sans ascenseur, ne mettait plus jamais le nez dehors. Elle ne s'en plaignait d'ailleurs pas, détestant la nature, les promenades, le ciel et les arbres.

— Je n'aime que les livres !

Et des livres, il y en avait partout. Sur les meubles, sur les étagères et en piles sur le plancher. L'appartement — quatre pièces en enfilade — tenait à la fois de la boutique d'un bouquiniste fou et de la bibliothèque municipale ravagée par un typhon. Les odeurs de vieux papiers et de cuisine étaient combattues — mais non vaincues — au moyen d'aérosols en bombes.

Une concierge jeune et vaillante montait chaque jour des provisions et des livres, toujours des livres, car Madeleine Brunel était aussi critique littéraire.

— Je me ruine en pourboires !

Cheveux gris bouclés en auréole, robe-tunique de couleur criarde, mains d'étrangleuse et rire d'ogresse, Madeleine Brunel avait l'âge de Robert Vierzon — l'âge qu'il refusait d'avouer — avec lequel elle avait fait ses études. D'abord un peu ahurie par cette marginale bruyante, affable et dotée d'un réel talent d'écrivain comme elle ne devait pas tarder à le découvrir, Paule sut que, sans devenir amies, Madeleine Brunel et elle uniraient leurs efforts à bon escient et dans l'enthousiasme.

— Comment, tu n'as pas le téléphone ? s'étonna Madeleine qui avait instantanément tutoyé Paule.

Mais c'est indispensable, pour notre bouquin; je dois pouvoir te consulter à n'importe quelle heure. J'appelle Roro, il va t'arranger ça en trois coups de cuillère à pot !

Quatre jours plus tard, Paule avait le téléphone, un contrat signé par Robert Vierzon, un chèque de 30 000 francs et une mission passionnante : célébrer les innombrables qualités de Delphine Farnel.

9

Désormais, Paule passait tous ses après-midi — y compris le dimanche — chez Madeleine Brunel qui prenait en sténo les confidences, les déductions et les suppositions du nouvel auteur-maison des Editions Vierzon en buvant du thé à la mangue.

Dès la première séance, Madeleine annonça honnêtement ce qu'elle appelait « la couleur » :

— Attention, Paule, pas trop de guimauve et de violons. Sans sombrer dans le sordide et le porno, il faut que le lecteur en ait pour son argent... et que la vérité y trouve son compte. Si tu persistes à tenter de me tracer le portrait d'un ange tombé du ciel, je vais crever d'ennui et je serai obligée de t'accuser de me mentir... d'autant que la presse à scandales à coups d'anecdotes salées — plus ou moins inventées, d'accord — a fait, qu'on le veuille ou non, de Delphine une femme avec des sens et des appétits, des caprices et des colères, bref une star... peut-être la dernière star. Ne décevons personne mais imposons-nous certaines limites. Voilà donc ce que je te propose : tu me racontes tout, même l'impubliable, et ensuite tu me précises ce que tu veux absolument garder secret... C'est ainsi que j'ai procédé avec ceux qui t'ont précédée dans ce foutoir et, ma foi, ils n'ont pas eu à s'en plaindre !

« C'est un tombeau ! » avait affirmé Robert Vierzon à propos de Madeleine Brunel et, bien que d'un naturel plus que méfiant, Paule n'hésita pas à se ranger aux raisons de son *rewriter*. Elle lui ouvrit son cœur — sans toutefois aller jusqu'à évoquer les diamants de Mme de Tellers — en s'étendant plus longuement sur les deux traits de caractère de Delphine qu'elle ne voyait pas la nécessité de révéler au public : son avarice et sa façon de s'exprimer plutôt crûment quand le sexe était le sujet de conversation. Madeleine approuva et annonça :

— Elle avait davantage besoin d'amour que d'amants : voilà la thèse que nous développerons...

Ce « nous » qu'elle employait fréquemment touchait Paule car c'était Madeleine et Madeleine seule qui, la nuit, mettait en mots ses confidences, en peaufinait le texte et le tapait à la machine. Et si, sans Madeleine, Paule n'existait pas, Madeleine, elle, s'épanouissait parfaitement sans le secours de Paule !

L'histoire du chantage mis sur pied par Philippe Farnel et son bel amant italien et la manière dont Paule était parvenue à les démasquer excitèrent l'imagination et la verve de Madeleine :

— Il faut impérativement insérer cette sensationnelle tranche de vie... et de vice dans le bouquin ! Surtout que c'est à cette occasion que tu prends ta dimension d'héroïne...

« Encore une qui me traite d'héroïne... » se dit Paule, un peu triste soudainement. Mais Madeleine réfléchissait à haute voix :

— Impossible de mettre Philippe Farnel en cause, il nous ferait un procès.. que nous perdrions car tu n'as aucune preuve de ce que tu avances. Alors nous devons trouver une astuce... J'y suis; transformer le frère en un familier de Delphine, un petit coiffeur sautillant, un coiffeur-confesseur — toujours un peigne à la main et un conseil aux lèvres ! Delphine ne jurait que par lui jusqu'à ton apparition. C'est la solution, conclut-elle en s'applaudissant. On ne change rien à l'anecdote, tu conserves ton début d'auréole et pas question de procès !

Au sujet de la mini-perruque de Frédéric Valmon, Madeleine trancha :

— On la garde ! Tous les gens de cinéma savent qu'il porte un toupet, alors pourquoi pas ses admiratrices... s'il en a encore ! Il n'osera jamais nous traîner en justice... car nous exigerions la présence d'un expert capillaire ! Et puis il faut être vache de temps en temps...

— ... en particulier avec un type qui n'a pas été très gentil avec Delphine.

— Vendu !

On en vint à Gilberte Monestier.

— Par prudence, on l'appellera... Germaine Meunier et on en fera... une couturière en chambre, dit Madeleine dont le stylo-feutre courait sur la feuille blanche. Ton point de vue sur le *Crichton* et sur Rivière ?

— Mon point de vue ?

— On en dit du mal ou du bien ? Je te signale au passage que, pour une majorité de lecteurs, un homme qui tue pour venger son fils et sa femme qui est à l'asile est forcément plus sympathique qu'une...

— ... qu'une star richissime et nymphomane ?

— Je ne l'ai pas dit.

— Non, mais tu le penses !

Madeleine ne tenait pas à se disputer :

— A noter également qu'il paraît que le *Crichton* bat de l'aile... certainement depuis ton départ ! ajouta-t-elle avec un clin d'œil afin de dérider Paule.

— Je hais Rivière, mais ce qui lui arrive est affreux.

— Ton verdict ?

— On en dit PLUTÔT du bien.

— Vendu ! répéta Madeleine, ce qui était sa façon de signifier qu'elle acceptait et respectait l'opinion de son interlocuteur.

Le travail avançait vite et août succéda à juillet sans que les deux femmes y prennent garde. Les pages dactylographiées s'entassaient dans un classeur marqué *D.F.* On abordait maintenant le chapitre de l'idylle Dalin-Farnel.

Un matin de septembre, Paule reçut un coup de téléphone de Philippe Farnel.

— Madame Jeannet, est-il exact que vous écriviez un livre sur Delphine ?

— Vous êtes bien informé.

— Coco Vignault, également. Achetez donc *Le Temps de Paris.*

— Je n'y manquerai pas.

— Que racontez-vous dans ce livre ?

— Mon Dieu, des tas de choses... favorables à votre sœur, vous vous en doutez !

— Et à son entourage ?

— Là, mon jugement est plus... nuancé.

— Ne finassez pas, madame Jeannet, parlez-vous de moi ?

— Le moyen de faire autrement ?

— Et de Fabio Orsini ?

— Pas un mot.

— J'ai votre parole ?

— Vous l'avez.

— Et quand ce bouquin sortira-t-il ?

— Très prochainement, prétendit Paule afin de décourager Philippe Farnel au cas où celui-ci aurait eu, lui aussi, l'intention de se lancer dans la littérature. Vous en recevrez l'un des premiers exemplaires. Dédicacé !

— Je n'aurai pas l'hypocrisie de vous en remercier !

Un déclic apprit à Paule que Farnel avait raccroché. Frustrée de la querelle qui s'amorçait, Paule lança aux photos de Delphine épinglées au mur :

— Tu l'as entendu, cette petite ordure, ce raté ?

Le silence lui cassa les oreilles.

— Je suis toute seule, murmura-t-elle.

Paule se rendait compte qu'elle vivait un moment privilégié, qu'elle bénéficiait d'une sorte de sursis. Grâce au livre, elle pouvait ressusciter Delphine, retarder un peu la marche du temps, se parer des lambeaux du passé, se réchauffer au feu des souvenirs qu'on la suppliait de relater avec un maximum de détails. Mais une fois le livre publié, comment pourrait-elle prolonger l'illusion, le rêve doux-amer dont elle se voulait la prisonnière ?

Devant le kiosque à journaux de l'avenue du Maine, Paule grimaça en ouvrant *Le Temps de Paris*. Coco Vignault avait intitulé son billet du jour : *Delphine Farnel par le trou de la serrure ou comment on fait les poches à un cadavre. On dit qu'il n'y a pas de grand homme pour son valet de chambre, il est à craindre qu'il n'y ait pas de star digne de ce nom pour sa cameriste. Troquant son balai contre une plume et sa loupe de détective contre l'aspirateur à ragots des biographes, l'ancienne femme de chambre du Crichton...* Tout l'article était écrit sur ce ton et Coco Vignault émettait les plus grands doutes sur les capacités de la « nouvelle femme de lettres ». Paule se promit de mentionner, dans les dernières pages du livre, le texte des pneumatiques que lui avait adressés la commère.

Madeleine Brunel prit connaissance du « billet » et battit des mains :

— Excellente pub !

Paule n'aimait pas du tout le titre du livre — qu'elle prétendait ne pas comprendre — et protesta auprès de Madeleine puisque Robert Vierzon ne voulait rien entendre.

— Il faut vendre ! dit Madeleine.

— *La double mort de Delphine Farnel...* Stupide !

— Accrocheur !

— Mais pourquoi *Double mort* ?

— Le suicide au *Crichton* et l'assassinat.

— C'est morbide...

— Intrigant. De toute façon, Roro est seul juge...

— Hélas !

On annonça un peu partout l'imminente parution de l'ouvrage : pavés dans les quotidiens et les
magazines, messages publicitaires sur les ondes
des radios périphériques.

Une ravissante photographie de Delphine —
l'une des plus récentes — ornait la couverture. En
dernière page : la photo déjà popularisée par la
presse réunissant Delphine et Paule à la Nuit des
Césars.

— Vous présenterez le bouquin à la radio
et à la télé, déclara à Paule la jeune attachée de
presse des Editions Vierzon, qui ajouta avec
un brin d'appréhension : Vous ne serez pas... intimidée ?

Paule lui lança un regard aussi lourd que
sarcastique :

— Intimidée, moi ?

— Super ! Nous espérons décrocher un passage
à *Majuscules.*

Majuscules était l'émission littéraire la plus
cotée et la plus suivie de la télévision et des
auteurs fameux intriguaient farouchement afin de
s'y produire pour vanter les qualités de leur dernière production.

L'animateur fut trop heureux d'inviter une
femme dont on parlait beaucoup et Paule apparut
donc un soir sur le petit écran, robe noire, un
rang de perles et long fume-cigarette, « partie inté-
grante de son image de marque » (dixit l'attachée
de presse).

Fidèle à sa tactique, son hôte tenta de lui tendre
des pièges et d'ironiser mais Paule réagit calmement et fermement :

— Je déteste les sous-entendus et les rosseries
déguisées en compliments. Je ne prétends pas être

un écrivain mais j'ai voulu — avec la collabora- tion de Madeleine Brunel — offrir aux admira- teurs de Delphine Farnel, qui sont légion et qui ne l'oublieront jamais, le portrait fidèle et révélateur d'une femme fragile que la gloire a profondément marquée. Je pensais — quoi qu'en disent les aigris et les jaloux — que cela me revenait de droit, étant donné que j'ai eu deux fois l'occasion de modifier le cours de son destin. D'abord, en l'em- pêchant de se suicider, puis en découvrant l'iden- tité du malheureux — j'explique comment dans le livre — qui la haïssait assez pour la rendre aux ténèbres auxquelles je l'avais arrachée. Voilà, cher monsieur, ce que je tenais à préciser...

L'animateur ouvrit la bouche pour intervenir mais Paule ne le lui permit pas, agitant son fume- cigarette en signe d'avertissement :

— Je reconnais bien volontiers que certains noms ont été changés afin de ne pas ajouter au chagrin des familiers de Delphine Farnel...

— Et aussi pour...

— ... pour éviter des procès, coupa Paule. Mon livre n'est pas un règlement de comptes et je ne laisserai à personne le soin de me régler le mien !

Le lendemain, la presse salua la performance de Paule et Robert Vierzon lui téléphona pour la féli- citer.

— Le livre est un grand succès de librairie, nous préparons un second tirage.

— Y a-t-il des critiques ?

— Plutôt des comptes rendus, quelques lignes généralement neutres, parfois un peu méprisan- tes. Mais pour ce genre d'ouvrage, la critique n'a aucune influence.

Le téléphone sonnait sans arrêt : RTL, Europe 1, RMC et quelques radios libres pressaient Paule de leur rendre visite, des journalistes de magazines féminins réclamaient des interviews. Elle rencontrait tous ceux qui en manifestaient le désir et exécutait devant eux, à peu de chose près, le numéro qu'elle faisait autrefois, face à Gilberte Monestier, au temps où elle jouait à la romancière afin d'éblouir la retoucheuse. Elle essayait de s'étourdir mais sa redoutable lucidité lui rappelait sans cesse que l'engouement dont elle bénéficiait était provisoire, éphémère. Dans moins de six mois, son nom ne dirait plus rien à personne et le téléphone resterait muet.

Mais pour l'instant, la sonnerie crépitait allégrement :

— Ici les Editions Vierzon; M. Vierzon voudrait savoir si vous pouvez passer à son bureau...

— Quand?

— Le plus tôt possible.

— Pas avant 16 heures...

— Très bien. Au revoir, madame.

A 16 h 5, Robert Vierzon serrait la main de Paule et l'engageait à s'asseoir :

— J'ai de très bonnes nouvelles, madame Jeannet; je viens de vendre les droits de votre livre au cinéma...

Vierzon s'attendait à répondre à un « combien? » qui ne monta pas aux lèvres de Paule.

— Pour... pour en faire un film?

— Exactement.

— A-t-on prévu un metteur en scène? Ne serait-ce pas Jean-Pierre Leblond?

— Je n'ai aucun renseignement à ce sujet mais le producteur, M... (Robert Vierzon jeta un coup d'œil à son agenda) M. Max Fleuret, désirerait entrer en contact avec vous au plus vite. Puis-je l'appeler de votre part ?

— Bien sûr.

Tandis que l'éditeur téléphonait à Max Fleuret, Paule se demandait si elle devait se réjouir ou s'alarmer. Naturellement, elle était heureuse à l'idée que son horizon s'animait à nouveau mais redoutait que Delphine en fît les frais. Ce Max Fleuret avait-il l'intention de produire un film de montage, composé d'extraits des grands succès cinématographiques de Delphine et d'interviews de ses proches ou envisageait-il de porter à l'écran la vie de la star en confiant le rôle à une comédienne ?

— Chez lui dans une heure ? proposa Vierzon, bouchant le récepteur d'une main. C'est aux Champs-Élysées, 8, rue Balzac...

— J'y serai.

Vierzon transmit l'accord de Paule et raccrocha.

— Vous ne m'avez pas encore parlé argent, madame Jeannet... Quelle discrétion pour un auteur !

Préoccupée, Paule répliqua par un murmure vaguement approbatif.

— Nous avons vendu les droits pour 250 000 francs. Vous touchez donc la moitié de cette somme... en trois versements. Belle opération, n'est-ce pas ?

Paule, dont l'indifférence n'était pas feinte — indifférence qui impressionna Robert Vierzon —, posa la question qui la tourmentait : film de montage ou tentative de reconstitution en images avec acteurs?

— Seul M. Fleuret peut vous répondre... Moi, le bouquin vendu, je n'ai absolument plus voix au chapitre.

Cet aveu déplut à Paule et intensifia sa défiance à l'égard du projet.

Une heure plus tard, un taxi la déposait rue Balzac.

Max Fleuret appartenait à la même génération que Robert Vierzon mais, à la différence de l'éditeur, ne cherchait nullement à se rajeunir. Forte calvitie, couperose et grosses lunettes à monture d'écaille, il avait davantage l'air d'un petit commerçant à la veille de prendre sa retraite que d'un producteur de cinéma. Mais ce ne fut pas son aspect physique — d'ailleurs sympathique — qui rebuta Paule mais les titres des films qu'elle lut sur les affiches qui recouvraient les murs du bureau : *Du grabuge dans la chambrée — Deux folles au régiment — La super perm...*

Max Fleuret, qui avait suivi le regard de Paule, se confessa sans aucun complexe :

— Je viens de gagner beaucoup de sous en produisant une série de films comiques; des « bidasseries », comme on les appelle dans la corporation! Or, depuis longtemps, j'avais envie de faire quelque chose de plus prestigieux, de plus intellectuel, quoi! Et il se trouve que l'un de mes poulains, le plus doué, Sammy Bourdier — vous connaissez son nom? Non? C'est lui qui a mis en scène *Du grabuge dans la chambrée* : 700 000 entrées sur Paris, qui dit mieux? — Bourdier, donc, meurt d'envie de tourner votre truc. Alors, j'ai dit : Banco! Voilà, vous savez tout, conclut Fleuret en se frottant joyeusement les mains.

Paule hocha la tête et exhiba son fume-cigarette qui raviva la mémoire de son interlocuteur :

— Je vous ai vue dans *Majuscules*. De la présence et de la repartie; moi, je dis : chapeau !

Paule se souvenait des paroles de Delphine : « Au cinéma, le producteur ne représente rien, à part le fric. L'important, c'est le réalisateur, c'est l'âme du film, sa respiration, sa musique... »

Prévenu par Max Fleuret dès que celui-ci avait eu confirmation de la visite de Paule, Sammy Bourdier arriva à son tour rue Balzac en blouson de cuir doublé de fourrure sur jeans collants et baskets. La trentaine, une masse de cheveux très noirs et très bouclés, le sourire à répétition, l'œil de velours, Paule le classa sans hésitation dans une catégorie qu'elle n'aimait guère : « Veut plaire à tout prix », et attendit l'offensive de charme qui commença immédiatement.

— Je suis fou de joie et très flatté d'être ici avec vous. Votre bouquin est génial, il y a un souffle, une vérité...

Suivirent quelques bruits de bouche pour exprimer une admiration intraduisible en paroles, un battement de cils puis :

— Max vous a dit...

— Pas un mot ! répliqua Paule un peu sèchement.

— Vas-y, petit ! lança Max Fleuret, attendri.

Sur ce, Sammy fit l'enfant et mima un profond embarras : il se gratta la tête en se balançant, la bouche boudeuse.

— Je vous écoute, dit Paule qui s'impatientait.

176

Sammy roula des yeux de gosse effrayé et se jeta à l'eau :

— Je me demande comment vous allez accueillir ma proposition...

— S'agit-il d'un film de montage ?

— Pas du tout. Je cherche une fille pour incarner Delphine Farnel.

— Vous ne trouverez personne ! décréta Paule.

Sammy Bourdier ne tint aucun compte de cette sombre prédiction :

— En revanche, j'ai quelqu'un de terrible pour jouer votre rôle...

Paule se récria :

— Mon rôle ? Parce que j'interviendrais dans l'histoire ?

— Une histoire qui est autant la vôtre que celle de Delphine...

— Et qui est l'actrice pressentie ? demanda Paule, acerbe mais curieuse.

— Vous ! répliqua Sammy en clignant de l'œil.

Stupéfaite, Paule faillit lâcher son fume-cigarette :

— Moi ?

Très émoustillé, Max Fleuret tint à participer :

— J'ai dit : Banco ! Surtout après *Majuscules*...

— Mais...

— Pas de « mais », coupa le jeune metteur en scène. Delphine Farnel n'a-t-elle pas elle-même annoncé à la presse que vous lui donneriez la réplique dans le film qu'elle n'a malheureusement pas pu tourner ? Elle savait que vous étiez faite pour le cinéma !

— Moi ? répéta Paule, un ton plus bas.

Le soir, dans son lit, légèrement fiévreuse,

Paule sentit croître son désarroi. Si cela avait été en son pouvoir, elle aurait interdit que l'on porte son livre à l'écran — la pensée qu'une comédienne même douée allait faire revivre Delphine lui semblait sacrilège — mais, propriétaire des droits, Robert Vierzon les avait monnayés sans la consulter. C'était la loi du show bizness.

« J'ai été imprudente... mais pouvais-je deviner que le cinéma s'intéresserait à moi ? »

Paule n'était pas comédienne et n'avait jamais rêvé de le devenir même si l'idée de tourner avec Delphine et Jean-Pierre Leblond — deux amis — l'avait amusée. Mais elle se dit qu'en acceptant de jouer son propre rôle elle serait en mesure de superviser le travail de Sammy Bourdier — en qui elle n'avait qu'une confiance relative — et de limiter les dégâts...

Repousser l'extravagante proposition de Max Fleuret par crainte d'être ridicule devant la caméra ou déchiquetée par les journalistes, n'était-ce pas trahir la mémoire de Delphine ? Son devoir ne lui commandait-il pas de dire oui afin de pouvoir intervenir énergiquement à tous les niveaux — adaptation, distribution, mise en scène — et d'exiger ce fameux droit de regard qu'elle avait obtenu au moment de la signature du contrat avec Robert Vierzon ?

« Après tout, j'ai bien gagné la bataille du livre, pourquoi ne remporterais-je pas celle du film ? »

C'était oublier que, pour son livre, Paule avait eu la chance de s'être attachée une collaboratrice hors pair.

« Madeleine ! Voilà quelqu'un qui saura me conseiller... »

Madeleine lui tiendrait le langage du bon sens

et de la raison. Madeleine-vérité. N'était-il pas trop tard pour lui téléphoner? Minuit dix... Paule était si énervée, maintenant qu'elle décida d'enfreindre les règles de la bienséance.

— Allô! Madeleine? C'est Paule... Je ne te réveille pas?

— Penses-tu! Je suis en train de taper les mémoires de l'amiral Varescot. C'est nettement moins rigolo que les milieux du septième art! Quoi de neuf?

Paule exposa aussitôt son problème.

— Qu'est-ce que tu risques? répliqua Madeleine après une seconde de réflexion. Si tu es bonne, ça t'ouvrira des tas de portes... Il n'y a pas tellement de femmes de ton âge et ayant ton autorité dans le cinéma français...

— C'est exactement ce que m'a dit Jean-Pierre Leblond! s'exclama Paule, frappée.

— ... et si tu es mauvaise, on te le dira très vite et on te remplacera. Mais tu t'incrusteras tout de même sur le plateau!

Le lendemain, Paule compulsa *Pariscope* et nota que *Du grabuge dans la chambrée* était à l'affiche du cinéma Le Capri, rue Montmartre. Elle alla donc voir le film et sortit de la salle le moral en berne. C'était un vaudeville troupier d'une affligeante débilité, interprété par une troupe inexpérimentée qui ne reculait devant aucun gros effet. Autour d'elle, on riait beaucoup. « 700 000 entrées sur Paris! » avait dit Max Fleuret.

Le seul mérite que Paule reconnaissait au film sur le plan technique, c'était la rapidité avec laquelle s'enchaînaient les scènes. Sammy Bourdier était-il plus à l'aise devant une table de montage que derrière une caméra? Elle lui posa la question le soir même, puisqu'ils avaient rendez-vous au *Café de Flore*.

Sammy rit un peu trop fort en renversant la tête en arrière :

— J'ai essayé de sauver les meubles au montage, c'est vrai, et le fait que vous l'ayez remarqué prouve bien que vous avez l'œil-cinéma! Mais, Paule, je vous supplie de ne pas me juger sur cette *Chambrée* qui est une gigantesque merde, tournée à moindre frais et en vingt-quatre jours. Il ne s'agit pas d'une œuvre mais d'un produit destiné uniquement à rapporter de l'argent. J'espère que vous me croyez capable d'autre chose... ajouta-t-il d'un ton qui mettait presque son interlocutrice au défi de le contredire.

Paule ne désirait ni envenimer ses rapports avec un garçon choisi, imposé par Max Fleuret, ni lui avouer qu'elle doutait effectivement de son talent. Elle orienta donc différemment la conversation :

— J'ai téléphoné ce matin à Fleuret pour lui demander d'avoir un droit de regard sur le scénario et l'adaptation...

— C'est tout naturel... et une garantie d'authenticité, répliqua Sammy. Comment avez-vous trouvé la petite qui joue Martine dans la *Chambrée*?

— Insignifiante. Vous ne pensez pas à elle pour Delphine?

— Oui et non.

— Eh bien, c'est non!

— Ma première idée avait été d'engager une comédienne en renom, une vedette, mais cette

180

vedette véhiculerait avec elle sa mythologie personnelle et masquerait complètement Delphine. Il nous faut une inconnue.

— ... qui coûtera moins cher à Fleuret !

— Exact, mais le problème n'est pas là. Etes-vous de mon avis... pour l'inconnue, la débutante ?

— Oui, admit Paule.

— Voilà ce que je vous propose : à partir de demain, nous allons écumer les cours d'art dramatique, les cafés-théâtres, les boîtes de casting, les fichiers de la télé, les agences de mannequins...

Telle fut leur principale activité pendant deux semaines. Ils rencontrèrent près de deux cents filles, mais aucune d'entre elles ne trouva grâce aux yeux de Paule :

— Trop grosse, trop vulgaire, trop grande, trop niaise, trop petite, pas de charme, elle louche, elle bredouille, vilaines dents, trop nerveuse, trop molle...

— Nous tournons le 3 février, lui rappelait constamment Sammy.

— Alors, prenez n'importe laquelle et votre film sera le flop du siècle ! répliquait Paule immanquablement.

Sammy adaptait *La double mort de Delphine Farnel* et soumettait à Paule, tous les deux ou trois jours, le fruit de son labeur. Dans la mesure où il restait fidèle aux dialogues du livre et à l'enchaînement des événements, Paule ne pouvait se montrer trop critique mais la certitude que le travail de Sammy comportait de sérieuses faiblesses qu'elle était incapable de déceler, et donc de formuler, faute de références et d'expérience, l'empêchait d'être enthousiaste... et la nuit, de dormir.

— Il faut décoller du texte et penser « images » ! disait Sammy, un peu pincé.

Un matin, les poings serrés et les yeux étincelants, Jean-Pierre Leblond surgit en trombe rue des Plantes.

— Paule, je débarque de Rome et j'apprends que vous préparez un film sur Delphine avec Sammy Bourdier ! Ce n'est pas vrai ?

— Si.

— Mais c'est de l'inconscience, du masochisme, de... de... (la fureur le faisait bafouiller) de la scélératesse ! Votre bouquin était déjà discutable mais on y sentait au moins une volonté touchante de rendre à la fois justice et hommage à Delphine, mais un film... et dans ces conditions ! Si vous aviez signé avec Saint-Léger ou Latour, je l'aurais bouclée, mais là...

— Mon éditeur a signé, Jean-Pierre, pas moi ! Cela s'est passé derrière mon dos.

— Je m'en fous ! Débrouillez-vous pour annuler le coup...

— Jean-Pierre, vous n'êtes pas un enfant. Vous savez très bien que...

Leblond interrompit Paule en hurlant :

— C'est maintenant que Delphine va VRAIMENT être assassinée !

L'instant d'après, Leblond passait la porte et dévalait l'escalier. Paule soupira mais elle ne tenta pas de le rattraper pour s'expliquer, se justifier car, au fond d'elle-même, elle était d'accord avec lui. Mais la machine était en marche... et Sammy Bourdier ne plaisantait plus :

— Paule, nous courons à la catastrophe et Max est guetté par l'infarctus, annonça-t-il au cours du dîner qui avait lieu chez lui, à Montfort-l'Amaury, à une quarantaine de kilomètres de Paris. Je donne le premier tour de manivelle dans quinze jours et nous n'avons pas de Delphine...

— Ce n'est pas faute d'avoir cherché!

— Nous avons vu toutes les débutantes de la capitale...

— Et la province?

Sammy haussa les épaules et déposa devant son invitée deux classeurs remplis de photographies :

— Elles sont toutes là-dedans. Choisissez!

— Au hasard?

— Au point où on en est!

Agacée, Paule ouvrit le premier classeur et examina rapidement les clichés un à un avant de les lancer à l'autre bout de la table en psalmodiant :

— Eliminée... Eliminée... Eliminée... Eliminée!

Mais la photo d'une jeune fille blonde retint soudain son attention. Une blonde au regard perdu... Elle ne ressemblait pas à Delphine mais avait en commun avec elle une fragilité désarmante.

— Celle-ci a quelque chose...

Sammy leva les yeux au ciel et joignit les mains dans un geste de prière :

— Et moi qui ne croyais pas aux miracles!

Il s'empara de la photo :

— Pas mal, en effet...

Il la retourna et lut :

— *Caroline Lachenay. 22 ans.* (Il ajouta avec une moue désapprobatrice :) *Cover-girl*!

— Je ne me souviens pas que nous l'ayons auditionnée...

— Les cover-girls sont moins libres que les apprenties comédiennes. Elle s'est contentée de nous envoyer sa photo.

— SES photos. Il y en a une seconde...

Une Caroline Lachenay, riant aux éclats, savamment décoiffée.

— Jolie. Très jolie, même !

— Je ne pensais pas vous entendre dire ça un jour ! répliqua Sammy en clignant de l'œil.

Le lendemain, Caroline Lachenay affrontait Paule et Sammy. A peine maquillée, duffel-coat et chaussettes blanches, elle avait l'air très jeune.

— Nous savons que vous êtes extrêmement photogénique, mademoiselle, dit Sammy, mais avez-vous déjà tourné... ou joué ?

— Non, jamais. Je n'ai fait que des photos... et un peu le mannequin. C'est embêtant ?

Paule intervint, véhémente :

— Non, mais ce qui est embêtant, en revanche, c'est votre petit accent... gouailleur !

Caroline Lachenay se mordit les lèvres :

— Je peux essayer de me corriger...

Sammy prit Paule par le bras et l'entraîna à l'écart :

— On lui fera répéter ses répliques avec un professeur de diction... et, au pire, on la doublera !

Paule exprima sa perplexité par une petite grimace tandis que Sammy insistait :

— Elle a du charme... et un certain mystère...

— Sauf quand elle ouvre la bouche !

— Je vous répète que ce n'est pas un problème. Comme dirait Max : Banco !

La jeune fille les observait de loin, à la dérobée, n'osant bouger, de crainte de contrarier le sort.

« Elle joue peut-être sa carrière sur cette entrevue », pensa Paule qui, vaguement émue, murmura :

— Banco !

Quelques jours plus tard, en dépouillant son courrier, Paule découvrit une enveloppe à en-tête de l'hôtel *Crichton*. Un peu étonnée et déjà furieuse, elle lut la lettre signée Julien Crichton — « Serait-ce le fils du vieux Crichton ? Non, il s'appelait Bernard... Ce Julien doit être le petit-fils. »

Madame,
Je vous serais très reconnaissant de bien vouloir me téléphoner dans les plus brefs délais un matin entre 10 et 11 heures au 245.71.12.
Veuillez agréer, madame...

Le ton presque comminatoire de la missive hérissa Paule qui devina qu'on désirait lui faire la morale et peut-être même l'intimider ou la menacer d'un procès. La nouvelle direction du palace n'avait sûrement pas apprécié la publicité que lui avait apportée la publication de *La double mort de Delphine Farnel.*

« Je les ai pourtant ménagés après en avoir débattu avec Madeleine. C'était bien la peine... Merde, alors ! »

Il était clair que les Crichton redoutaient que le film ne prenne le relais du livre et ne jette un discrédit encore plus grand sur leur famille. Afin de les rassurer, il suffisait à Paule de téléphoner au 245.71.12. pour annoncer que, dans le scénario, l'hôtel *Crichton* était devenu l'hôtel de Villars, mais le souvenir des heures horribles passées dans le « bunker » du sixième étage du palace l'en empêcha.

« Qu'ils s'agitent, qu'ils s'énervent... »

Elle roula la lettre en boule.

La seconde enveloppe contenait un carton d'invitation envoyé par Caroline Lachenay. Pour célébrer la signature de son contrat avec Max Fleuret, la jeune fille organisait une petite fête dans son appartement, rue de Vaugirard. *Je compte absolument sur vous, je vous dois tant!* avait-elle écrit dans la marge.

« Quelle corvée! » se dit Paule, mais il lui était impossible de se dérober; toute l'équipe serait là.

Et le samedi, vers 20 heures, des fleurs dans les bras et précédée de son fume-cigarette, Paule sonnait à la porte de sa future partenaire.

— Paule! Que je suis heureuse...

Caroline embrassa Paule qui tendit ensuite sa joue à Sammy et aux comédiens choisis pour incarner Hervé Dalin — qui n'était plus chanteur mais acteur dans le film et sous un autre nom — et André Rivière — débaptisé lui aussi. Elle détestait ces bises obligatoires mais on s'embrassait beaucoup dans le monde du cinéma...

— Ma chambre sert de vestiaire! lui cria Caroline, penchée sur une antique soupière remplie de sangria et désignant une porte avec sa louche.

Paule suivit la direction indiquée et déposa son manteau et son sac sur le lit. Son regard accrocha alors une série de petites photos en couleurs glissées dans le cadre d'une glace. Deux d'entre elles, probablement prises l'été précédent sur une plage de la Côte d'Azur, représentaient Caroline et Sammy en maillot de bain. Et enlacés. Deux instantanés que les amants étourdis avaient omis de dissimuler.

Et Paule, pâle de rage, comprit qu'on lui avait joué la comédie afin de favoriser l'engagement de la jeune fille. Sammy avait eu peur qu'en lui présentant trop tôt sa maîtresse, Paule ne l'écarte au même titre que les autres candidates, tandis qu'en laissant traîner sous ses yeux, au moment opportun, des photos superbes...

Sa première réaction fut de courir insulter les menteurs mais elle se dit à temps qu'elle n'y gagnerait rien puisque Caroline avait signé avec Max Fleuret — qui ne devait pas être du complot — et que le tournage commençait dans neuf jours.

Paupières closes, elle s'efforça de retrouver son calme en contrôlant sa respiration et y parvint assez rapidement. Mais subsistait en elle la très désagréable impression d'avoir été manœuvrée. Elle se jura de ne pas l'oublier.

10

L'épreuve fut de taille. Et elle s'éternisa. Aux studios de Fontenay-sous-Bois, Sammy Bourdier filmait la première scène de *La double mort de Delphine Farnel* qui se situait au milieu du scénario (« Si seulement on tournait les scènes dans l'ordre chronologique, cela m'aiderait ! » avait pensé Paule en descendant sur le plateau) et réunissait Caroline et Paule. Caroline — Delphine — devait s'y plaindre du manque de vigueur de Bruno Valier (Hervé Dalin) et avouer à sa secrétaire et amie qu'elle n'aimait plus le jeune homme, qu'elle ne l'avait jamais aimé.

— *Il m'a amusée... mais c'est terminé. Paule, vous allez rompre à ma place, vous vous y prendrez beaucoup mieux que moi...*

Les répliques étaient — à peu près — celles que Paule et Delphine avaient échangées quelques mois plus tôt et la situation était identique, pourtant Paule avait l'impression de participer non pas à une reconstitution mais à une caricature de la réalité, une caricature dans laquelle, malgré ses efforts, elle ne parvenait pas à s'immiscer. La caméra, les projecteurs et les techniciens — nombreux mais invisibles dans l'ombre — la gênaient moins que l'accent canaille de Caroline, son déshabillé hollywoodien — que Delphine aurait refusé de porter — et la décoration de l'appartement, d'un modernisme outrancier... d'autant qu'en vérité la scène ne s'était pas déroulée chez Delphine, mais au *Crichton*.

Mais il y avait plus grave que ce changement de cadre : Paule se rendait compte qu'elle était trahie par sa voix, qu'elle parlait désespérément faux... car elle s'entendait et c'était un supplice.

— On la refait! ordonna Bourdier d'un ton angélique, après une troisième prise aussi mauvaise que les deux précédentes.

Il y en eut une quatrième, une cinquième, une sixième. En pure perte. Paule se sentait misérable et sévèrement jugée par sa partenaire, son réalisateur et les machinistes, bien qu'ils n'en montraient rien.

— Une petite pause! décida enfin Sammy avec un sourire-rictus.

On chuchota. Ce n'était pas bon signe. Pendant un tournage, même après une prise d'une qualité discutable, les plaisanteries et les rires fusent de tous côtés.

Paule s'enferma dans sa loge, se regarda dans le miroir et eut brusquement une révélation.

On frappait. C'était Sammy, venu la réconforter :

— Pas de panique, Paule; le monde des studios vous est étranger, voilà l'explication de votre embarras, de votre malaise. Mais dès demain...

— Demain, ce sera comme aujourd'hui, coupa Paule très calme. Je sais ce qui ne va pas...

— Dites...

— Je peux sans doute tenir un rôle dans un film mais je suis incapable de jouer mon propre personnage.

— Allons donc, je vous assure, moi, que...

— Non, Sammy, je suis certaine de ce que j'avance et je m'en veux de ne pas en avoir eu conscience plus tôt. Trouvez quelqu'un d'autre !

Le visage de Bourdier se ferma :

— Pas question. Je vous ai, je vous garde.

— Mais puisque...

— Paule, je ne vous croyais pas du genre à tout plaquer à la première petite difficulté...

Paule retint un ricanement :

— Vous désirez que nous recommencions ? A votre disposition...

Ils regagnèrent ensemble le plateau.

— Attention, silence, le silence partout ! hurla l'assistant.

Le clap. L'annonce :

— *La double mort.* 247. Septième !

— Moteur ! cria Sammy.

On tournait.

— *C'est au sujet de Bruno, ma Paule, vous l'avez certainement deviné...*

(Oh ! Ce « ma Paule » que Sammy avait inventé... Comme si Delphine avait pu un jour l'appeler ainsi. Quelle horreur !)

— ... *Je ne l'aime plus, je ne l'ai d'ailleurs jamais aimé*, poursuivait Caroline. *Il m'a amusée... mais c'est terminé. Paule, vous allez rompre à ma place, vous vous y prendrez beaucoup mieux que moi...*

— *Ce garçon vous adore, Delphine, il va terriblement souffrir...*

— *Mais je l'espère bien... pour mon standing !*

— *Il va s'accrocher, vous ne pourrez pas vous en débarrasser aussi facilement, il...*

Paule s'interrompit et regarda du côté de la caméra, les mains ouvertes dans un geste d'évidence :

— Alors, Sammy, convaincu cette fois ?

Bourdier ne pouvait pas publiquement affirmer que le jeu de Paule s'était amélioré.

— Coupez ! dit-il avant de l'entraîner derrière les immenses panneaux de bois mobiles qui cernaient le décor. Paule, vous parlez faux, j'en conviens et je m'en fous, avoua-t-il d'un ton péremptoire. Je vous doublerai... comme Caroline. J'ai même déjà en tête quelqu'un qui fera ça très bien et dont le timbre de voix correspond à votre physique. Savez-vous qu'en Italie les films se tournent sans le son et qu'on post-synchronise ensuite ? Et les acteurs que l'on entend ne sont pas souvent ceux que l'on voit !

— Il serait plus simple — et plus agréable pour mes camarades — que vous engagiez une autre comédienne...

— Impossible.

— Serais-je irremplaçable ?

— Dans un certain sens, oui.

— Quel sens ?

La réponse claqua :

— Publicitaire! Une bonne partie de l'excitation provoquée par le tournage repose sur le fait que vous jouez votre propre rôle. Faute de pouvoir voir Delphine Farnel en chair et en os, les futurs spectateurs applaudiront celle qui a été son ange gardien et son amie... et celle qui a démasqué son meurtrier.

— Je suis un lot de consolation!

— Vous êtes une vedette... d'un style un peu particulier, mais une vedette quand même. Si vous partez, vous videz le film de sa substance, de son âme. Et vous le condamnez à l'insuccès.

Le sourire moqueur de Paule incita Sammy à ajouter :

— Je ne baratine pas, Paule. Sans vous, tout s'écroule.

— Mais avec moi, tout détonne!

— Vous avez un visage, une silhouette, de l'allure, c'est le principal. Sortez le texte mécaniquement, sans vous préoccuper de votre voix et de votre intonation; ne dites que les mots. Je vous doublerai et le résultat sera extraordinaire, je vous le promets.

Sammy était presque convaincant, Paule n'avait pas vraiment envie de s'en aller. Ils tombèrent donc d'accord.

Le clap. L'annonce :

— *La double mort.* 247. Huitième!

Débarrassée de ses inquiétudes et de ses complexes — « Après tout, Caroline sera doublée, elle aussi! » — Paule trouva le travail un peu moins pénible et la scène fut rapidement mise en boîte à la satisfaction générale.

Tandis que Caroline changeait de toilette et de coiffure — on préparait maintenant, dans le même décor, la scène qui l'opposait à Frédéric Valmon rebaptisé Cyril Jarvis, la scène dite « de la perruque » — Paule se dirigea vers la cour du studio afin de respirer quelques bouffées d'air frais. Un technicien lui avait emboîté le pas. Large d'épaules, doux des yeux, la cinquantaine légèrement empâtée. Il alluma une gitane puis tendit son paquet de cigarettes à Paule qui refusa d'un signe de tête.

— Faut pas vous en faire, madame Jeannet, ça marche toujours de travers les premiers jours...

Paule hésita entre « Je vous remercie » et « Fichez-moi la paix » et opta finalement pour :

— Vous n'auriez certainement pas eu besoin de dire ça à Delphine Farnel !

— Ah ! Delphine... J'étais très copain avec elle, vous savez, commença l'homme, à la fois enthousiaste et mélancolique — ce qui toucha Paule. On a fait quatre films ensemble. Elle m'appelait La Chance... parce que mon nom, c'est Lavène, V-È-N-E. Elle était sympa avec les machinos, Delphine, et croyez-moi, c'est plutôt rare chez les divas... et puis, question métier, il lui suffisait d'un regard pour trouer l'écran !

Lavène baissa la voix pour conclure :

— La petite Lachenay, elle est bien mignonne, mais c'est comme une gosse qui chausserait les godasses de sa mère !

Du lundi au jeudi, Sammy Bourdier filma toutes les scènes, humoristiques ou dramatiques, qui avaient pour cadre l'appartement de Caroline-Delphine. Appliquant les consignes de son réalisateur, Paule récitait son texte comme une écolière — « En un mot, soyez bressonienne, Paule ! » — mais n'éprouvait aucune joie à revivre les moments privilégiés de son amitié avec Delphine, d'autant qu'ils étaient peu ou prou dénaturés, médiocrisés ou exagérés. Elle protestait bien de temps en temps, rectifiait un détail mais, pleinement consciente de la faiblesse de son interprétation, ne pouvait pas, décemment, trop critiquer.

Le soir, seule, rongée par la certitude que le film n'était pas bon, Paule s'épanchait par téléphone auprès de Madeleine Brunel.

— Ne te mets pas martel en tête, Paule... Si c'est raté comme tu l'affirmes, personne n'ira voir le film et il ne restera pas huit jours à l'affiche. Mais si tu te trompes...

— Je ne me trompe pas !

— Pas sûr... Tu ne connais pas suffisamment les possibilités techniques du monde du cinéma pour être aussi catégorique. Un montage nerveux, une musique inspirée peuvent sauver, dynamiter, transfigurer un navet !

— Mais comment le sais-tu ? Tu ne vas JAMAIS au cinéma, répliqua Paule avec une pointe d'aigreur.

A l'autre bout du fil, Madeleine rit sans se fâcher :

— Je lis ! Et TOUT est dans les livres. Parle-moi de la petite...

— Une poupée. Pas de flamme intérieure, pas de dimension...

— As-tu assisté à la projection des rushes ?

— Non, j'ai refusé d'y aller. M'entendre est déjà un supplice, alors me voir...

— Paule, le monde ne va pas s'arrêter de tourner à cause d'un mauvais film...

— Je suis d'accord, mais ce qui me navre, ce

qui me désespère, même, c'est que ce film devait être un... un monument à la gloire de Delphine Farnel.

— Paule, pas d'hystérie, pas de grandiloquence ! Le véritable monument à la gloire de Delphine Farnel, ce sont les films qu'elle a tournés. Les siens. Et ceux-là seront toujours projetés !

Paule dut admettre que Madeleine avait raison et la remercia de l'avoir réconfortée avant de lui souhaiter une bonne nuit.

Elle ne faisait pas partie du plan de travail du vendredi et s'en réjouit, se sentant un peu fatiguée. A Fontenay-sous-Bois, on devait tourner uniquement des scènes réunissant Caroline Lachenay et le jeune Patrice Morvan qui jouait le rôle de Bruno Valier (Hervé Dalin).

Paule se leva donc tard ce matin-là, effectua quelques courses et rentra rue des Plantes où elle s'ennuya vite. Si elle n'avait pas craint de l'importuner, elle serait allée prendre le thé — à la mangue — chez Madeleine, mais son ex-collaboratrice peinait toujours sur les mémoires de l'amiral Varescot. Le téléphone sonna vers 15 h 30.

— Madame Jeannet ? demanda une voix mâle et chuchotante.

— C'est moi...

— Ici, Lavène, le machino...

Paule traduisit : l'ami de Delphine.

— Oui, monsieur Lavène...

— Je vous cause en douce, je suis au studio. On tourne aujourd'hui des scènes qui vous déplairaient sûrement... et d'après ce que j'ai cru comprendre, vous ne seriez pas au courant de leur existence, vu qu'elles ne sont pas dans le scénario !

— Quel genre de scènes ?

— Plutôt spéciales, si vous voyez ce que je veux dire... C'est moche pour la mémoire de Delphine. Sans vous commander, vous devriez sauter dans un taxi et rappliquer rapido. Mais attention, je ne vous ai pas prévenue, hein ?

Dans le taxi qui filait vers Fontenay-sous-Bois, Paule se posait mille et une questions. *Plutôt spéciales, si vous voyez ce que je veux dire,* avait précisé Lavène. On pouvait tout imaginer et Paule ne s'en priva pas mais elle essaya de conserver un minimum de sang-froid.

« Je vais me montrer très souriante, très... maternelle, résolut-elle, le genre : Je ne travaille pas mais je viens encourager mes petits camarades... »

Elle pénétra dans le studio D et se glissa entre les portants géants. Ce dont elle fut alors le témoin dépassait ses pires appréhensions.

Sur le lit inondé de lumière, Patrice Morvan chevauchait frénétiquement Caroline Lachenay qui gémissait de plaisir. Tous deux étaient entièrement nus.

— Les seins ! Occupe-toi aussi de ses seins ! ordonna Sammy à son comédien qui s'empressa d'obéir.

Pendant un quart de seconde, Paule se demanda si elle n'était pas en proie à un cauchemar... mais non, la caméra enregistrait la scène, les projecteurs brillaient et, exceptionnellement groupés autour de Sammy Bourdier, les techniciens étaient bien trop intéressés par le « jeu » des acteurs pour s'apercevoir de la présence de l'intruse.

— Coupez ! hurla Paule à pleins poumons.

Il y eut, sur le plateau, un court moment de

flottement à l'issue duquel Caroline et Patrice interrompirent leurs ébats et couvrirent leur nudité à l'aide d'un drap de soie. Visiblement furieux, Sammy répéta :

— Coupez !

Le techniciens, goguenards pour la plupart, s'apprêtaient à compter les points.

— Monsieur Bourdier, attaqua Paule d'une voix sifflante en s'approchant du réalisateur, je pense — et j'espère — que vous tournez un autre film que le mien ?

— Absolument pas, répliqua-t-il. J'illustre simplement la sexualité débridée de Delphine Farnel.

La main de Paule s'abattit sur la joue de Sammy et produisit un bruit sec. Le réalisateur serra les mâchoires et parvint à se dominer.

Les machinistes, eux, se poussaient discrètement du coude.

— Je vous signale, au cas où ce détail vous aurait échappé, que mon livre ne comporte aucun chapitre érotique...

— Quand on adapte un livre pour le cinéma, on en modifie très souvent le contenu...

— Je vous entends bien, mais expliquez-moi alors pourquoi ces scènes bassement pornographiques ne figurent pas dans le scénario...

— Traduire des scènes de grande intimité par des mots est beaucoup plus choquant que de belles images...

— Votre discrétion est une forme d'escroquerie !

— Ou de délicatesse.

Paule ricana :

— Délicatesse, vraiment ? Quand on vient de

voir ce que j'ai vu, il y a de quoi rire, je vous assure !

— Quoi que vous en pensiez, je ne réalise pas un film érotique mais j'introduis dans l'histoire de Delphine une notion que vous avez volontairement gommée : la notion de sexe. Il est normal qu'une femme aussi belle, aussi séduisante, ait eu une vie amoureuse très agitée...

— D'accord, mais point n'est besoin pour transmettre ce message aux spectateurs de leur assener des scènes de copulation en gros plan ! Je vais de ce pas déposer l'exemplaire de mon scénario entre les mains d'un avocat qui sera un peu plus tard chargé de le comparer au navet égrillard que vous êtes en train de concocter, ce qui me permettra, j'en suis persuadée, d'en faire interdire la projection dans les salles. Une question encore : Max Fleuret est-il au courant de...

L'absence de réaction chez Sammy éclaira Paule :

— Il est votre complice, parfait ! Il vous accompagnera donc devant les tribunaux. Naturellement, je vous rends mon rôle. Adieu, monsieur Bourdier.

Paule ne résista pas au plaisir de décocher une dernière flèche :

— Et je ne peux même pas dire que vous m'avez déçue... Que pouvais-je bien en effet attendre d'un homme qui cache soigneusement qu'il partage la couche de la petite cover-girl qu'il tente niaisement de pistonner...

Et tandis que Sammy devenait écarlate, Paule effectua ce qui lui parut être une « sortie réussie ».

Une sortie réussie, vraiment ? Elle en fut soudain moins sûre, une fois assise sur la banquette du taxi — elle avait eu la prudence de prier le chauffeur de l'attendre.

— 43 *bis,* rue des Plantes !

Une colère froide l'envahit. Un film pornographique... le comble de l'ignominie ! « Si jamais Jean-Pierre Leblond apprend ça... » Colère mais aussi lâche soulagement à la pensée de ne plus avoir à affronter la caméra. Mais s'il n'était pas question que le film se tourne avec elle, il n'était pas davantage question qu'il se tourne sans elle !

Maintenant que Paule avait démasqué Bourdier et Fleuret, elle devait absolument les empêcher de nuire. De nuire à Delphine.

Paule avait paradé, tout à l'heure, au studio, mais au fond de son cœur elle n'ignorait pas qu'un procès engagé contre ses deux ennemis traînerait pendant des mois et que ses chances de le gagner étaient minimes. Qui se soucierait d'entraver la carrière d'un film comportant trois ou quatre scènes érotiques ?

Il lui fallait agir elle-même et tout de suite. Mais comment ? Paule ne pouvait tout de même pas assassiner Sammy Bourdier... et il ne servirait à rien de demander conseil à Madeleine Brunel, laquelle lui conseillerait de se tenir tranquille et d'oublier. Oublier...

— ... alors que c'est moi la grande responsable de ce gâchis !

— Vous m'avez parlé, madame ? lança le chauffeur.

— Non, non...

Oui, responsable. Responsable du livre. Donc du film.

— Je trouverai le moyen de tout arrêter, je te le

promets, ma chérie, dit-elle, une heure plus tard, avec exaltation, aux photos de Delphine épinglées sur les murs de sa chambre.

Les adresses et les numéros de téléphone de toute l'équipe du film — comédiens et techniciens — étaient inscrits sur le plan du tournage, établi jour par jour et photocopié à une cinquantaine d'exemplaires, afin que chacun ait le sien. Paule releva donc le numéro de Caroline Lachenay qu'elle appela le dimanche après-midi.

Une sonnerie régulière... mais personne ne décrocha.

« Ouf ! » pensa-t-elle avant de téléphoner à une station de radio-taxis. Elle donna bientôt à un chauffeur l'adresse de Sammy Bourdier, à Montfort-l'Amaury. Elle y arriva vers 18 heures et, après avoir poussé une barrière d'opérette et traversé un jardinet, sonna à la porte d'un pavillon de banlieue, anonyme, ordinaire, mais dont l'aménagement intérieur — elle le savait puisque c'était sa seconde visite — n'avait rien de commun avec la façade. On trouvait, dans le living, des canapés de cuir très bas, des tapis de fourrure, une table composée d'une grande plaque de verre fumé en équilibre sur un tas de briques liées les unes aux autres par une chaîne et tout un matériel audio-visuel ultra-sophistiqué.

Sammy apparut en jeans et chemise écossaise ouverte sur son torse velu.

— Paule ! s'exclama-t-il, n'en croyant pas ses yeux.

— Je suis venue vous demander pardon, Sammy ; je me suis conduite très stupidement...

Et, en souriant, Paule lui tendit sa joue :

— Rendez-moi ma gifle si vous voulez !

Sammy ne pouvait que rire, imité en cela par Caroline qui s'était avancée, intriguée.

— Amies ? dit encore Paule en ouvrant les bras à la jeune femme.

On s'embrassa et Sammy et Caroline entraînèrent leur visiteuse dans le living-room. Un feu de bois brûlait dans l'âtre d'une imposante cheminée à l'ancienne. Paule déboutonna son manteau et posa à terre le sac de toile foncée qui contenait deux bouteilles de vodka — une bouteille de vodka blanche et une de vodka rose — dans lesquelles elle avait fait dissoudre patiemment tous les cachets de somnifère prélevés dans l'armoire à pharmacie de Delphine Farnel avant de quitter la rue Vineuse. Paule avait pensé à ce moment-là qu'elle pourrait avoir besoin de recourir à cet artifice pour dormir à coup sûr, ce qui ne s'était pas révélé nécessaire.

La télévision fonctionnait, diffusant un feuilleton historique.

— Continuez de regarder votre émission, je vous en prie, proposa Paule en désignant le petit écran.

— Cette bouillie pour les chats ! répliqua Sammy d'un air sardonique en appuyant sur une touche qui déclenchait l'arrêt de l'appareil.

Assise sur l'un des canapés, Paule fit semblant d'être fascinée par les flammes et dit d'un ton pénétré :

— C'est beau, ce feu...

Puis elle se lança, sans aucune transition, dans une fausse confession, répétée rue des Plantes :

— Il faut me comprendre, Sammy, tout ce qui a trait à Delphine me... m'écorche ! Alors, en découvrant cette scène de lit... Si j'avais été prévenue, préparée, je n'aurais pas été aussi violente, aussi injuste avec vous...

— J'avoue que, de mon côté, j'ai pas mal de torts! renchérit Sammy à l'unisson. Mais un réalisateur a tendance à croire qu'il est le seul maître à bord et qu'il a tous les droits... et puis je devais avoir un peu peur de vous. Vous, le Témoin! Je n'ambitionne nullement de faire un film qui serait classé X mais je veux mettre en images une réalité de la vie... de la vie de Delphine!

Paule approuva son interlocuteur en hochant la tête :

— Une phrase que vous avez prononcée sur le plateau m'a frappée... mais à retardement, malheureusement! Vous m'avez dit : « Des mots sur le papier sont plus choquants que de belles images », et j'ai pensé que c'était le langage d'un metteur en scène, d'un VRAI metteur en scène, souligna-t-elle avec une gravité un tantinet excessive mais dont Sammy ne songea nullement à s'indigner.

— Vendredi, vous ne m'avez pas laissé le temps de vous expliquer une chose capitale...

— Laquelle?

— Un film se fabrique aussi au montage. Et d'une scène que l'on tourne en continuité, on ne conserve souvent qu'un plan très court, un flash...

— Ah bon?

« Sale hypocrite, sale menteur », pensait-elle en regardant Sammy d'un air admiratif et soumis.

— Paule, reprenez-vous votre rôle? s'enquit Caroline.

— Si l'on veut bien de moi..., répondit Paule avec humilité.

— Et comment! s'exclama Sammy. Il faut fêter ça... Soyons conventionnels : du champagne !

Paule avait remarqué le flacon de whisky entamé, posé sur la table, et deux verres, preuves évidentes que ses hôtes ne l'avaient pas attendue pour se livrer à des libations. « Tant mieux ! »

Le champagne incita à l'attendrissement et à l'enthousiasme. On se congratula, on porta des toasts à l'un et à l'autre...

Paule manœuvra habilement pour verser deux ou trois fois le contenu de sa coupe dans un pot de fleurs.

— Je vais vous faire entendre la musique du film... enfin, une partie. Et d'abord le thème « Delphine ». Il a été composé par un copain : Pascal Janvier...

Sammy manipula les boutons de sa chaîne stéréo et un slow classique mais nullement déshonorant empêcha bientôt toute conversation.

— Chouette, hein ? cria-t-il, extasié, afin de dominer le vacarme.

— Chouette ! répéta Paule.

— On veut sortir un 33 tours avec le film...

— C'est super dansant, disait Caroline en tournant gracieusement sur elle-même.

Sammy déboucha une seconde bouteille de champagne et remplit les coupes.

Paule se demandait si elle parviendrait à mener son plan à terme... et ne se dissimulait pas qu'un détail — un coup de téléphone, un malaise de Caroline, l'arrivée d'un ami — pouvait tout compromettre. Elle comptait énormément sur la chance en sachant que la chance était l'alliée la plus capricieuse du monde.

Après le slow, Paule s'en prit intentionnellement à elle-même à haute voix :

— Quelle idiote je suis : je vous ai apporté un cadeau et je ne vous le donne pas !

Elle s'empara de son sac en toile et en dégagea les bouteilles de vodka.

Caroline bêtifia :

— Oh ! de la vodka rose...

— Elle est sensationnelle, paraît-il, délicieusement poivrée...

Paule ne laissa à personne — et pour cause — le soin de déboucher les deux bouteilles.

— Je n'aime pas faire de mélanges, dit Caroline.

— Vous n'allez pas dédaigner mon cadeau ! gémit Paule avec une moue enfantine.

— Mais non, mais non, répliqua joyeusement Sammy.

On goûta la vodka rose, puis la blanche, et on revint à la rose, décidément meilleure.

A 20 heures, complètement ivre, Caroline s'effondrait sur le canapé, mais son compagnon, qui semblait avoir plus de résistance, ne s'en accrochait pas moins au dossier d'une chaise pour tenir debout. Le cocktail vodka-Dormonyl avait produit son effet.

— Je dois rentrer à Paris, j'attends un coup de fil important, prétendit Paule en consultant ostensiblement sa montre. Sammy, pouvez-vous me déposer à une station de taxis ?

Elle retint son souffle car de la réponse du jeune homme dépendait le sort du film.

— Je vaisvair... Je vais faire mieux que ça, reprit Sammy qui avait quelques difficultés d'élocution. Je vais vous raccompagner à Paris.

— Comme c'est gentil à vous, je n'osais pas vous le demander...

— Une amie, c'est sacré !

Il eut un rire bête en farfouillant d'une main dans sa chevelure :

— Je crois que je suis un peu pété...

— Juste gai ! Un dernier verre vous remettra les idées en place...

Paule remplit deux verres de vodka et lui en tendit un :

— A notre film. Cul sec !

— A notre film, répéta-t-il, puis il vida son verre d'un trait.

Paule n'avait pas touché au sien :

— Avez-vous vos clefs de voiture ?

— Elles sont dans l'entrée...

Sammy s'éloigna en se tenant au mur. Paule en profita pour réunir verres et bouteilles et transporta le tout à la cuisine. Ce qui restait de vodka disparut dans l'évier et elle rinça les bouteilles.

— Qu'est-ce que... qu'est-ce que vous fabriquez ? demanda Sammy qui l'avait rejointe.

— Le ménage. C'est une seconde nature !

Paule enfila son manteau, prit son sac et suivit Sammy dans le jardin. Il titubait d'inquiétante façon.

« Faites qu'il ne s'endorme pas avant d'avoir atteint l'autoroute! » se dit-elle en s'installant dans la Morgan.

Les sourcils obstinément levés comme si cela devait l'aider à se concentrer, Sammy réussit à démarrer.

Quand la Morgan sortit de Montfort-l'Amaury, Paule se moqua gentiment de son chauffeur :

— Mais vous roulez comme une tortue...

— Parce que je ne veux pas avoir d'accident, répliqua-t-il d'une voix molle en battant des paupières, car il était menacé de sommeil.

— Ce sont précisément les traînards qui les provoquent. Accélérez !

Il obéit.

— Encore ! ordonna-t-elle d'un ton sec.

Le compteur marquait 110, 120, 130... La Morgan s'enfonçait dans la nuit en rugissant.

C'était le moment.

— Attention au camion ! hurla Paule, bien qu'aucune lumière de phares ne trouât les ténèbres.

Elle posa le pied sur celui de Sammy, le forçant ainsi à écraser l'accélérateur et s'appropria le volant qu'elle fit brusquement tourner vers la droite. Déportée, la voiture quitta la route et gravit le haut talus en un temps record comme si elle allait s'envoler. Parvenue au sommet, elle se renversa et effectua plusieurs tonneaux avant de se coucher sur l'asphalte.

11

L'accident ne fit pas la « une » des quotidiens mais on parla de Paule à la page Spectacles en l'appelant « la miraculée » et *Noir sur Blanc,* toujours lyrique, affirma qu'elle avait été « protégée par l'ombre de Delphine Farnel » puisqu'elle s'en était tirée sans une bosse, sans une égratignure.

« On a longtemps dit que j'étais l'ombre de Delphine. Va-t-elle devenir la mienne ? » se demanda-t-elle en lisant l'article.

Paule avait raconté sa version de l'aventure aux

journalistes, plus coopérative, plus prolixe que d'ordinaire :

— Sammy Bourdier conduisait très vite et il avait un peu bu... Un poids lourd a surgi, il roulait presque au milieu de la chaussée. Pour l'éviter, Sammy a donné un coup de volant très brutal et la voiture a percuté le talus. J'ai été miraculeusement éjectée et j'ai perdu connaissance...

— Et Bourdier ?

— Ses jours ne sont heureusement pas en danger mais avec deux jambes et un bras cassés, sans parler de contusions multiples, il restera plusieurs mois à l'hôpital. Ensuite, il y aura la rééducation...

— Et le film ?

— C'est la grande question. J'ai rendez-vous avec notre producteur, Max Fleuret, cet après-midi.

En se rendant rue Balzac, Paule se sentait presque heureuse et en parfait accord avec elle-même. « Ma mission était juste, sans cela je n'aurais pas été épargnée », se répétait-elle, et cette morale, sans doute un peu courte, un peu simpliste, lui convenait très bien et elle ne voulait pas voir plus loin que le joli nez de Delphine Farnel qu'elle avait sauvée une seconde fois. Et Paule s'interdisait d'avoir des remords : Sammy était jeune et récupérerait vite.

Max Fleuret lui parut soucieux, mais pas plus qu'elle il n'aborda le sujet de la séquence érotique, tournée le vendredi précédent. Pourtant, Paule aurait juré que Sammy lui avait téléphoné le soir même afin de geindre et de la dénigrer.

— Je vais perdre tous mes sous dans cette affaire...

— Pas si vous m'écoutez !

Une lueur brilla dans les yeux du producteur et Paule pensa que pour Fleuret l'appât du gain l'emporterait toujours sur l'amitié.

— Que proposez-vous ?

— Quelqu'un qui soit capable de remplacer Sammy au pied levé... disons dans une semaine, le temps de piocher le scénario. Mais quelqu'un qui ait carte blanche !

Max Fleuret se fourvoya :

— Vous ?

— Moi ? Quelle idée ! Non, je veux parler d'un vrai metteur en scène.

— Qui ?

— L'homme qui a été l'amant de Delphine, juste avant sa mort. Vous imaginez le battage publicitaire dont vous bénéficieriez...

— Son nom ?

— Jean-Pierre Leblond.

Max Fleuret fronça les sourcils, doutant de ses souvenirs. Paule les lui précisa :

— C'est sous sa direction que Delphine devait tourner son nouveau film. Il me paraît tout désigné pour reprendre le flambeau !

— Et il serait d'accord ?

— Certainement pas, répliqua Paule avec bonne humeur. Mais je me charge de le décider. Pour cela, il me faut le feu vert, et l'assurance qu'il pourra remanier à sa guise le scénario et la distribution.

— Et son cachet ?

— Même tarif que Sammy. La question d'argent est secondaire...

Fleuret eut une petite grimace d'indignation que Paule traduisit :

— Pas pour vous, je sais ! Mais ma solution a

justement le mérite de sauvegarder vos capitaux. Alors ? Banco ?

— Banco, dit Fleuret en soupirant.

Le soir même, Paule se présenta rue Biot — « Si seulement cet énergumène avait le téléphone ! » — et interrogea la concierge.

— M. Leblond ? Rez-de-chaussée gauche, mais il est absent.

— Absent ? Mais il est à Paris ? s'enquit Paule, soudain prise de panique.

— Oui ; il est sorti y'a pas une heure, vous l'avez raté de peu.

— Je vais l'attendre, décida Paule qui pensait tout haut.

— Ça peut durer ; M. Leblond n'est pas un couche-tôt.

— Tant pis !

Impressionnée par tant d'entêtement, la concierge, qui avait du cœur, offrit à Paule de lui prêter un tabouret :

— Comme ça, vous aurez un semblant de confort. Vous me le laisserez dans la cour, derrière les poubelles.

— Merci, répliqua Paule en glissant un billet à la femme.

Elle s'installa dans le noir, devant la porte de Jean-Pierre Leblond, et s'efforça d'être patiente.

De temps à autre, des locataires pénétraient dans le hall qu'ils inondaient de lumière et sursautaient en découvrant cette femme immobile.

— Paule !

Lui, enfin. Et seul. « Dieu soit loué ! » Il était minuit vingt.

— Jean-Pierre, j'ai besoin de vous... et Delphine, également.

— Delphine? répéta-t-il, méfiant.

— Que faites-vous actuellement?

— Actuellement? Je vais me foutre au pieu!

— Non, je veux dire : professionnellement...

— J'ai des projets...

Cette formule vague enchanta Paule :

— Allons faire un tour. Il faut que je marche, je suis assise ici depuis des heures...

Elle déposa le tabouret derrière les poubelles et s'accrocha au bras de Leblond qui l'entraîna vers la place Clichy.

— Savez-vous ce qui est arrivé à Sammy Bourdier?

— Non...

Paule évoqua l'accident de voiture et les conclusions qu'elle en avait tirées, se hâtant d'ajouter avant que son compagnon ne protestât :

— Vous aurez les mains entièrement libres, vous pourrez tout chambouler, l'histoire, les acteurs... mais vous devez impérativement commencer à tourner lundi prochain. Cela vous laisse six jours.

— Vous délirez ou quoi?

— Peut-être... mais j'ai des circonstances atténuantes!

Paule enchaîna avec le récit de sa visite impromptue aux studios de Fontenay-sous-Bois et détailla le tournage clandestin. Jean-Pierre Leblond réagit favorablement :

— Les salauds!

— Max Fleuret peut engager n'importe quel tâcheron pour succéder à Sammy. Mais, par chance, il n'a personne sous la main et j'ai avancé votre nom... en précisant bien que vous imposeriez votre propre vision de l'histoire. Il n'a pas dit non.

— Et moi, je ne dis pas oui !

Paule se récria :

— Jean-Pierre, vous ne pouvez pas refuser cette occasion inespérée : signer votre premier long métrage tout en empêchant que l'on transforme Delphine en star de films pornographiques...

Elle sortit de son sac de toile l'exemplaire du scénario qu'elle avait pris chez Fleuret :

— Lisez ça avant de me donner votre réponse... Jean-Pierre, je vous le demande. En souvenir de Delphine !

Jean-Pierre bougonna quelque chose qui lui parut être un acquiescement. Ils entrèrent dans une brasserie, commandèrent des cafés et Jean-Pierre se plongea dans la brochure.

Plus tranquille, maintenant, Paule le surveillait du coin de l'œil, épiant ses mimiques, enregistrant ses soupirs d'exaspération et ses claquements de langue quand une séquence l'amusait. Mais quand il arriva au mot *Fin,* elle ferma les yeux, par superstition. Elle les rouvrit quelques secondes plus tard pour voir Jean-Pierre écrire à l'aide d'un stylo-feutre sur la page de couverture en mordillant sa lèvre inférieure, et elle sut que la victoire était à sa portée.

« Pas de triomphalisme ! » pensa-t-elle, prudente.

— Il y a des trucs intéressants, admit-il bientôt, mais il faut quand même tout récrire et, à mon avis, serrer le bouquin de plus près.

— Hum, hum, dit-elle d'un ton neutre.

— Ce que j'aimerais, c'est traiter le personnage

de Delphine comme une abstraction, un fantôme... On ne la verrait jamais très nettement... et jamais entièrement. Un profil perdu, une main, une chevelure... Des images éclatantes et aussi éblouissantes au vrai sens du mot !

Il tapa du poing sur la brochure :

— Là-dedans, elle est trop présente, trop réelle, trop agressive. Son entourage doit être ainsi, mais pas elle... surtout pas elle !

— A propos de son entourage, je vous signale que je suis incapable de jouer la comédie. Il faudra donc engager une comédienne de métier pour tenir son rôle.

— Parlez-moi de Caroline Lachenay...

— Très jolie, fragile... Si vous la filmez comme vous venez de me le raconter, et si elle n'a pas trop de dialogue, je crois qu'elle peut vous convenir.

— Et les autres ?

Ils se levèrent et gagnèrent la rue de Clichy en direction de Saint-Lazare, légers, excités et complices.

Devant la gare, Paule osa enfin demander :

— Jean-Pierre, ce film, vous allez le faire, n'est-ce pas ?

— Oui.

Elle lui sauta spontanément au cou et l'embrassa sur les deux joues.

— Merci.

— Une question à mon tour, Paule... L'accident de Bourdier...

— Eh bien ?

— Vous n'en seriez pas un tout petit peu responsable, par hasard ?

— Jean-Pierre, vous me prêtez des pouvoirs que

je ne possède malheureusement pas! répliqua Paule avec un sourire séraphique.

Quand Paule regagna la rue des Plantes, épuisée mais contente, il était 4 heures du matin. Le film ne serait certainement pas le grand succès populaire et commercial espéré par Max Fleuret mais, sous la férule de Jean-Pierre Leblond, il sublimerait l'image de Delphine. N'était-ce pas l'essentiel ?

Prisonnière d'un papier de cellophane, une gigantesque brassée de roses jaunes encombrait le paillasson. Une carte gravée : *Julien Crichton.* Paule lut, écrit à la main, au-dessus du nom : *Ravi que vous soyez saine et sauve* et au-dessous : *attends impatiemment de vos nouvelles.*

« Bizarre... » Plus que les fleurs, les mots *ravi* et *impatiemment* l'amenèrent à penser qu'elle avait peut-être raisonné à l'envers, le petit-fils du vieux Crichton regrettait sans doute que le film ne se tournât pas dans son établissement (*Bon dernier sur la liste des palaces parisiens*) et tentait une seconde démarche afin que la fiction se rapprochât de la réalité.

Elle mit la sonnerie de son réveil sur 9 heures et se coucha.

A 10 h 30, elle appela le *Crichton* et obtint rapidement Julien Crichton au bout du fil.

— Madame Jeannet, quel plaisir de vous entendre. Comment vous portez-vous ?

— Mais... très bien.

— Je voudrais vous rencontrer très vite. Est-ce possible ?

— Oui.

— Puis-je vous envoyer ma voiture dans une heure ?

— Entendu.

Tout à fait intriguée maintenant, Paule se maquilla légèrement et enfila un faux tailleur Chanel bleu et gris qui ne se différenciait d'un vrai que par son prix et le dissimula à demi sous une cape de laine bleu nuit.

A 11 h 30 très exactement, la Rolls de Julien Crichton était devant son immeuble. Le chauffeur mit pied à terre, salua Paule en soulevant sa casquette et lui ouvrit la portière.

Elle se voulut railleuse — « Un véritable conte de fées ! » — mais songea au métro qu'elle empruntait chaque matin un an plus tôt pour se rendre sur son lieu de travail et mesura le chemin parcouru.

La voiture s'arrêta rue Halévy et Paule pénétra dans le palace par l'entrée principale avec l'assurance d'une habituée de longue date.

— Mme Jeannet, se présenta-t-elle à la réception. J'ai rendez-vous avec M. Crichton...

— Je me renseigne, madame...

L'employé, déférent, donna un bref coup de téléphone puis :

— M. Crichton vous attend dans son bureau, premier étage, la porte au fond du couloir de droite...

Quelques instants plus tard, un homme de trente-cinq ans dont les tempes commençaient à se dégarnir, moustache blonde, complet gris et cravate bordeaux, se levait, la main tendue, afin d'accueillir la visiteuse.

— Madame Jeannet...

« Où l'ai-je déjà vu ? » se demanda-t-elle, et sa mémoire remonta le temps pour ressusciter ce jour où elle avait pris le thé dans la salle à manger du rez-de-chaussée de l'hôtel pendant que Delphine et Jean-Pierre devenaient amants dans la chambre 108. Un homme assis à la table voisine l'avait observée à la dérobée et elle s'était interrogée sur son identité avant d'être agacée par son insistance. Julien Crichton...

Toute à cette rétrospective, Paule n'avait pas écouté les paroles de bienvenue que son hôte avait prononcées mais elle s'était assise en face de lui.

— ... le *Crichton* n'est plus ce qu'il était, il faut bien l'admettre et la presse ne se prive pas de l'écrire. Je fais allusion à l'époque de mon grand-père... car mon père est allergique à tout ce qui a trait, de près ou de loin, à l'hôtellerie et il m'a confié — avec quel soulagement! — les rênes de l'affaire. C'est donc à moi qu'il appartient de rendre au *Crichton* son lustre d'antan en tenant compte des réalités d'aujourd'hui. Il faut secouer la poussière, rafraîchir, rajeunir notre image de marque sans oublier les grandes traditions. Qu'en pensez-vous?

Paule sursauta légèrement :

— Excellent programme!

— ... auquel j'aimerais vous associer. J'ai en effet besoin d'une collaboratrice intelligente, avisée, et qui soit au courant de la marche de la maison. Mais attention, je ne veux ni d'ombre silencieuse ni d'éminence grise, mais au contraire une forte personnalité qui stimule, subjugue le personnel et la clientèle. Sans parler de votre expérience du *Crichton,* les événements dramatiques et spectaculaires auxquels vous avez été mêlé, le livre que vous avez écrit — j'ai apprécié votre discrétion vis-à-vis de l'hôtel dont vous auriez pu vous plaindre — votre passage très remarqué à *Majuscules* et le film que l'on tourne... tout cela vous a donné une... une épaisseur romanesque, une dimension... publicitaire — si vous me permettez cette expression — et vous qualifie pour le poste que je vous propose.

— Mais quelles seraient exactement mes attributions ? demanda Paule en adoptant avec effort le ton d'une personne qui trouve toute naturelle l'offre qui lui est faite.

— Diverses... mais je les résume : améliorer nos rapports avec la presse afin que le nom de l'hôtel soit à nouveau cité dans les rubriques mondaines, accueillir les clients les plus célèbres et les plus fidèles et vous assurer de la qualité de leur séjour chez nous en réglant rapidement et discrètement les petits problèmes délicats qui se posent quotidiennement et que vous connaissez... et enfin, et surtout, me faire des suggestions — même les plus démentes — pour que le *Crichton* renaisse de ses cendres et attire un nouveau public en conservant l'ancien !

— Je suis très flattée que vous m'ayez choisie, monsieur Crichton... et, pour être franche, je dois vous avouer que je me crois à la fois digne et capable de cette tâche !

— Je n'en attendais pas moins de vous. Quand pouvez-vous commencer ?

— Mais... immédiatement. Enfin, disons, la semaine prochaine.

— Magnifique ! Je vais vous faire aménager un bureau à l'étage... et vous ouvrir un compte chez votre couturier préféré.

Julien Crichton aborda ensuite la question des appointements de Paule et avança un chiffre suffisamment élevé pour couper court à toute discussion.

Quand elle redescendit dans le hall et alors que les employés cherchaient à accrocher son regard et à lui sourire car les nouvelles allaient vite, Paule se demanda avec amusement si, après avoir fait d'elle une femme de chambre, une voleuse, une cliente, un détective et la sous-directrice de l'établissement, le *Crichton* pouvait encore lui réserver des surprises...

Sur la table de travail trônait, dans un cadre 1900, la photographie de Delphine que Paule préférait et il ne se passait pas de jour sans qu'elle la contemplât avec tendresse.

Paule était entrée dans ses nouvelles fonctions sans aucune difficulté et elle avait réussi à s'imposer même auprès de ceux et de celles avec lesquels elle avait naguère fréquenté le « bunker » du sixième étage, ignorant délibérément les coups d'œil narquois et les sourires en coin que, d'ailleurs, on se lassa vite de lui prodiguer. La façon dont elle avait forcé André Rivière à se dénoncer à la police était encore présente dans toutes les mémoires et la dotait d'une auréole de mystère. Elle suscitait plus souvent la crainte que le respect mais le résultat était le même : on lui obéissait.

— M. Crichton ne voit que par elle...

C'était une phrase qui revenait sans cesse dans la bouche des uns et des autres, émise d'un ton méprisant, fataliste ou désinvolte.

— Et puis, elle campe sur place, pas moyen de lui échapper !

Paule habitait maintenant le *Crichton*, dans un petit appartement composé de deux pièces — attenantes à son bureau — et d'une salle de bains. Elle avait définitivement abandonné la rue des Plantes et donné à la concierge et à ses voisins tout ce qui avait constitué jusqu'ici le décor de son existence. Elle n'avait rien emporté, mis à part les photos de Delphine et quelques vêtements.

Deux fois par semaine, Paule déjeunait en tête-à-tête avec Julien Crichton qui ne manquait jamais de lui demander :

— Pas de suggestions ? D'idées folles ?

— Nous avons ici une majorité de clients aussi riches qu'âgés qui répugnent à sortir le soir et sont rivés à leur téléviseur. Ne pourrait-on transformer l'une des caves de l'hôtel en une petite salle de projection capable de contenir une trentaine de personnes et y présenter des films récents ? Il me semble que cela n'existe dans aucun palace...

— Vous êtes géniale !

« Max Fleuret aurait dit : *Banco* ! » pensa Paule.

Prenant, au fil des jours, conscience qu'elle avait eu une chance insolente et qu'il était peut-être de son devoir de rendre un peu de ce qui lui avait été donné, Paule s'ingénia à améliorer les conditions de travail du petit personnel et on finit par lui en savoir gré.

— Elle n'est pas si vache, après tout ! disait-on d'elle dans les « bunkers », trois mois plus tard.

Et Julien Crichton lui apprit, un brin moqueur :

— Les femmes de chambre chantent vos louanges...

— Cher monsieur Crichton, je ne suis pas bonne... mais j'ai des souvenirs !

Un matin, le téléphone sonna dans le bureau de Paule.

— Madame Jeannet, ici la réception. M. Crichton vous prie d'accueillir une cliente qui arrivera vers midi...

— Son nom ?

— Mme de Tellers.

Mme de Tellers ! Paule eut un court vertige comme si elle avait reçu un coup et se demanda si, dans l'heure suivante, son nouvel univers n'allait pas voler en éclats. Ne risquait-elle pas de perdre à la fois la confiance de Julien Crichton, son emploi et une sérénité durement acquise pour quelques paroles venimeuses ? Mme de Tellers... Il n'était pas question de se prétendre souffrante, de se dérober. D'ailleurs, après sa petite défaillance, Paule brûlait maintenant du désir d'affronter l'ultime épreuve que lui avait ménagé le destin. Si elle parvenait à en sortir indemne, elle n'aurait plus rien à redouter.

Elle vérifia l'ordonnance de sa chevelure et orna le col-cravate de son corsage de deux rangs de perles. Par défi.

« Mourir peut-être, mais mourir en beauté et debout ! »

Dans l'ascenseur, elle se souvint des termes exacts de la lettre-confession que lui avait dictée André Rivière : *Je soussignée Paule Jeannet, employée comme femme de chambre à l'hôtel* Crichton, *reconnais avoir dérobé ce jour à Mme de Tellers...*

Les portes de la cage s'écartèrent et elle aperçut aussitôt, entourée de sacs et de valises, la frêle

218

Mme de Tellers en vison pastel. Divinement coiffée et maquillée, liftée juste ce qu'il fallait pour brouiller les pistes et le temps...

— Voilà justement Mme Jeannet, annonça le réceptionniste à la voyageuse.

Sous le sourcil haut, le regard de Mme de Tellers, d'abord indulgent et lassé, brilla soudain de curiosité, puis de malveillance...

Paule approchait :

— Madame de Tellers, la direction du *Crichton* est heureuse de vous accueillir et fera tout ce qui est en son pouvoir afin que vous soyez satisfaite de votre séjour parmi nous...

— C'est en tout cas très aimable à vous d'essayer de m'en persuader, répliqua Mme de Tellers. Madame Jeannet...

— Oui ?

— N'avez-vous pas une... une sœur ou une parente éloignée qui travaille en qualité de femme de chambre dans cet hôtel ?

— Non, madame, c'était moi.

— Vous ?

Un bracelet de diamants, géant, monstrueux, et qu'elles étaient seules à voir, étincela brusquement à hauteur de visage entre les deux femmes.

Se délectant manifestement de pensées troubles et méchantes, Mme de Tellers détailla avidement la tenue de Paule — ce tailleur de velours noir gansé de soie portait la griffe d'un grand couturier, c'était évident — et tenta d'évaluer la valeur de ses perles...

Déconcertée par une élégance qu'elle ne s'expliquait pas, la voyageuse semblait hésiter sur l'attitude qu'elle devait adopter. De son côté, bien décidée à tenir tête à son ennemie, Paule exhiba son long fume-cigarette qu'elle prolongea d'une Craven avant d'en mordiller l'extrémité et actionna un briquet.

Outrée d'un tel sans-gêne, Mme de Tellers s'apprêtait à protester quand un souvenir lié au fume-cigarette censura sa colère et la fit s'écrier :

— Je vous ai vue à la télévision ! Dans *Majuscules*...

— En effet, dit Paule après avoir exhalé un peu de fumée.

— Vous avez écrit un livre...

— Et j'en prépare un second, prétendit Paule.

Le bracelet-menace, le bracelet-symbole avait pâli. Il devenait plus transparent de seconde en seconde, il retournait au néant...

Mme de Tellers laissa échapper un gloussement excité :

— Mais alors, quand vous étiez femme de chambre, c'était pour votre livre ?

— Vous avez deviné. Je mène toujours l'existence de mes héroïnes car je suis assoiffée de vérité. Et je me lance dans les aventures les plus insensées et les plus... risquées — Paule mit oralement ce dernier mot entre guillemets — afin de pouvoir ensuite les coucher sur le papier.

Impressionnée par ces révélations qui éclairaient d'un jour nouveau sa conception du métier d'écrivain, Mme de Tellers s'exclama :

— Et en ce moment, précisément, vous...

— Oui, je suis à pied d'œuvre. J'incarne et j'imagine !

— C'est fabuleux...

— ... et je vous prie de m'excuser : j'ai rendez-vous avec ma machine à écrire.

— Sauvez-vous vite, supplia Mme de Tellers en joignant ses mains gantées de gris. Ne faites pas attendre l'inspiration.

De retour dans son appartement, Paule sourit à la photographie de Delphine :

— J'ai gagné, ma chérie !

Editions J'ai Lu, 31, rue de Tournon, 75006 Paris

diffusion
France et étranger : Flammarion, Paris
Suisse : Office du Livre, Fribourg
diffusion exclusive
Canada : Flammarion Ltée, Montréal

Achevé d'imprimer sur les presses de l'imprimerie Brodard et Taupin
7, Bd Romain-Rolland, Montrouge. Usine de La Flèche,
le 12 janvier 1982
6461-5 Dépôt Légal janvier 1982. ISBN : 2 - 277 - 21278 - 4
Imprimé en France

JEAN-PIERRE FERRIÈRE
POUR L'AMOUR D'UNE STAR